小学館文庫

恋文横丁八祥亭

立川談四楼

小学館

目次

恋文横丁八祥亭

装画　中島梨絵
装丁　albireo

第一話　消えた銀二郎

暖簾をかき分け、動きが止まった。ためらっている。典子は曇りガラスの向こうに声をかけた。

「どうぞ、ご遠慮なく」

滑りのいい引き戸が開き、スーツ姿の男が入ってきて笑顔を見せた。典子は男を三十歳前後と見当をつけた。

「よかった。中は案外と庶民的なんですね。前を通る度に気になってましたが、ちょっと勇気を出しました」

銭湯を小さくしたような、入母屋造りを思わせる外観に、男はやや格式が高いと感じていた。

「ごめんなさい。ちょっと高級割烹みたいで入りにくいでしょ。若い子対策なの。茶髪やロン毛が悪いってわけじゃないけど、近頃の渋谷は不作法な子が増えてね。それで表の造りだけ大袈裟にしてあるの。さ、どうぞこちらへ」

男は促されるままカウンター席に座り、差し出されたおしぼりを使い、まずビールをくださいと言った。

「あら嬉しい。ほとんどの人がとりあえずビールって言うのよ。はい、最初の一杯だけお酌するわ。あとは手酌でね」

「え、いまどき大瓶ですか」

「飲み切れなかったら手伝うわよ」

「その時はお願いします」

　男はそう言い、グラスを傾けるとひと息で飲み干し、プハーとやり、後ろに掛けてある小さな黒板を眺めた。

　昔風の緑地にピンクに近い赤い文字で、本日のお勧めが三品書いてあった。想像より安い。惚(ほ)れ惚(ぼ)れする達筆の、冒頭に男は目を止めた。

「では、お勧めの鰹(かつお)の刺身をください」

「かしこまりました。今日の鰹は飛びっきりの鮮度なんですよ。で、ニンニク、ショウガ、溶きガラシのどれになさいます？」

「えっ、溶きガラシというと……」

「おでんとか納豆のあれです」

「はあ、ではカラシで……」

「昔の江戸っ子はそうやって食べてたそうですよ。ま、騙(だま)されたと思って食べてみてくださいな」

　違ってもせいぜい五歳下であろう男を、典子は緊張させまいとしたか、少し子ども扱いした。不思議なもので、男はコクンと頷くと、じゃあそれでお願いしますと言った。

「あとは茹で上がったばかりの蚕豆でも出しましょうか」

「それもお願いします」

「狡いよノンちゃん。オレが蚕豆好きなのを知ってて勧めないなんて」

席を二つ隔てた男が声を上げた。

「何言ってるのよ。クボちゃんあんた猫舌じゃないの。ほらこの通り湯気が上がってんのよ。ホントに食べられンの？」

「あ、いや、少し冷めてからでいい……」

常連らしきクボちゃんと呼ばれた中年客の口をすぼめた言い方が妙におかしく、やはり常連であろう他の連れからも笑い声が上がった。

店はカウンターに八つのイスがあり、トイレのある奥が少し広くなっていて、テーブルが二つ置いてある。その一つに三人の中年男とやはり同年配の女性が一緒に飲んでいる。うるさくはない。カウンターはクボちゃんと連れの女性で、自分を入れて客は七人と男は数えた。

「茹で立ての蚕豆って旨いですね」

「ビールによく合うでしょ、ちょっと塩を効かすのがコツね。蚕豆の天ぷらも旨いのよ」

「それはまだ食べたことがありません。今度来た時お願いします」

「嬉しいことを言ってくれるわね。裏を返してくれるなんて」

「えっ、裏を？」

「失礼しました。業界用語でした。花柳界や水商売の言葉で、また来てくれるってことです。初会、裏、馴染って言うらしいの。常連のことを馴染客って言うでしょ、そこからきてるのね。元々は廓言葉らしいンだけど」

「へえー廓かァ、勉強になるなあ。そうか、初会、裏、馴染か。では僕は馴染客を目指します」

「エライっ、よくぞ言った」とクボちゃんが手を叩いた。

「明日も明後日もおいでよ。そうすりゃ最短で馴染客になれるからさ」

「そう、その通り」

　連れの女性が間を置かずにそう言い、奥の三人もそうしろ、明日もまたこいよと声を上げた。初めて見る客への愛想か親切か、男は客同士が顔見知りであることを理解した。笑いが納まった頃、男があらたまって言った。

「あのう、この店の屋号なんですが、何と読むんでしょうか」

「ハッショウテイよ」

「やはりそう読んでいいんですか。どういう由来で……」

「渋谷と言えば忠犬ハチ公でしょ。ハチ公の八。末広がりで縁起もいいし。で、ショウの意味だけど、渋谷の鉄道はJR、地下鉄、それに東横線、あとは?」

「井の頭線ですよね」

「井の頭線の終点はどーこだ?」

「吉祥寺」

「ピンポーン。吉祥寺の祥をもらったの。でもハチジョウ亭って変でしょ。まだ四畳半の方が気が利いてるし。ショウと読ませてハッショウテイが成立するわけ」

「なるほど、渋谷らしい名前なんですね。で、恋文横丁というのは? ちょっと聞いたことがあるような気がするんですが」

「それはね……」


典子が言ったところで、引き戸が開き、老婆が入ってきた。とうに八十は過ぎているだろうが、腰も曲がってないし、眼光が鋭い。男をギロリと見て言った。

「おや、一見さんだね」

「はあ?」

あわてて典子が割って入る。

「ごめんなさい、祖母は初めていらしたお客様と言ったの」

男は一見より、典子の言葉に反応した。

「祖母って……?」

「祖母は祖母よ。私の産みの親の親、つまりおばあちゃん」

「そうですか……。初めまして」

「こちらこそ。せいぜいご贔屓に」

話してみると、恐い人相とは裏腹に気さくそうで、男は緊張を少し緩めた。老婆は男から目を転じ、クボちゃんに話しかけた。

「いつも恋女房と一緒でいいね」

「また、大女将は人をからかう」

そうか、この人は大女将なのか。すると目の前の女性は若女将というわけか。

大女将が言った。

「私が入ってきて話を切っちまったようだね。どうぞ続きを」

男は慌てた。

「あ、僕が質問したんです。恋文横丁について」

「そうだったのかい」

「そうだ、その話は大女将に聞けばいいよ」

そう言ったのはクボちゃんで、大女将は居住まいを正し、男に向き直った。意外と丁寧な口調だった。

「この店から黒澤(くろさわ)楽器を右に見て文化村通りを下ったところに家電量販店があるだろ」

「はい、しょっちゅう前を通ります」

「注意深く見ると、その先に恋文横丁跡という小さな碑がある」

ああ、それなら見た覚えがある。そうか、それで聞いたような見たような気がしたんだ。大女将は男が頷くのを確認すると、

「あの一角がかつて恋文横丁と呼ばれたんだよ」と言い、遠い目をした。

大女将は名をしのと言い、戦後間もなく父の龍三(りゅうぞう)とともに深川から渋谷へやって来

たという。父はもともと芸人の斡旋の仕事をし、錦糸町や浅草を仕事場としていたが、妻と息子を空襲で失い心機一転、活路を焼け跡の少ない山の手の渋谷に求めた。龍三は闇市が立ち並ぶこの町に笑いの需要があると見込んだそうだ。

　しのは男に言った。

「で、焼け残った古いビルの一階で寄席を始めたんだよ」

　寄席を？　と男は頓狂な声を出した。

「当たったよ。お父っつぁんの目に狂いはなかった。連日満員さ。飢えてたんだよみんな。私は小学校の五年か六年だったけど、ろくに学校には行かなかったね。テケツ、モギリ、お茶子と大忙しでさ」

「あの、もしかしてその寄席の名前が」

「当たりと言いたいけどちょっと違って渋谷八祥亭。でもいい名だろ。新宿末廣亭に負けてないんだ」

　で、恋文横丁の謂われですけど……と、男が気負いこむ。

　典子がそれを遮って言う。

「その先は私が。もう何度も聞かされ何度も説明してるから。おばあちゃん、そろそろ寝酒いく？」

「気が利くねこの子は。じゃいつものシヤで」

「出た、しのさんの十八番（おはこ）シヤが」

　奥の常連の突っ込みに、年寄りをからかうんじゃないよとしのが応じた。

「この下町訛（なま）りだけは抜けないね。今じゃシヤを常温とか言うそうじゃないか」

　そう付け加えたしのの前にコップのシヤが置かれた。そもそもは進駐軍なのよと典子が説明を始めた。

「今の代々木公園、競技場やNHKのあるとこ。昔は――ああ、いつもここ忘れる。おばあちゃん、昔あそこ何と言ったっけ」

「代々木練兵場」

「そうそう、そこが戦争に負けてワシントンハイツになったのよ」

　しのは覚束（おぼつか）ない典子の説明を聴きながら、いつもの醸造酒を啜（すす）った。そして先程の話に少し誇張が混じったり端折（はしょ）ったりしたことを反芻（はんすう）した。

　寄席は最初から満員だったわけではない。父龍三の顔が広いと言えど、芸人が揃（そろ）わなかった。コンビやトリオは誰かが欠け、まだ復員してない者や行方不明の芸人もいた。

隣の区は世田谷で、龍三は米や野菜で芸人を釣った。渋谷と横浜は電車で一直線、芸人を横浜に紹介すると、呼び屋も芸人も喜んだ。

やがて売り込んでくる芸人、復員する芸人がいて、ようやく渋谷八祥亭は軌道に乗ったのだった。

龍三は愚連隊と称するチンピラの跋扈にも手を焼いた。戦後間もない警察はまだ体をなさず、ヤクザの方が頼りになり、世話になることも一再ならずあった。ああ、お父っつぁんは安藤組には感謝してたっけ。

「そこからジープに乗ったアメリカさんが渋谷に来るわけよ。すぐそこだから。カッコいいんだなこれが。憧れる日本のお嬢さんもけっこういたけど、とっかかりがないのよ。英語ができなきゃ話にならないわけで、おばあちゃん、その当時、英語のことを何て言ったっけ？」

「敵性語」

典子も一杯やり始めていて、少し口調が砕けてきている。

「敵性語だから勉強してないのよ。そこで需要があったのが英文のラブレター、すなわち恋文の代筆で、英語教師や英文科の学生が机だけの店を構え、若い女性が群がり、それが何店舗にもなり、八祥亭のある一角のそのまた一角が恋文横丁と呼ばれるようになりました。おばあちゃん、これで合ってる?」

「うん、だいたいは」

しのがそう相槌を打ったところに引き戸が開き、男の二人連れが入ってきた。

「ノンちゃんマゴ茶二つ。ダメだ飲み過ぎたあ。だけどどうしても茶漬けが食いたくなってさあ」

「ふうー、以下同文」

「あらふたりとも、ずいぶん酔っちゃって」

若女将がそう言い、男は、そうかこの二人も常連なのか、この店には一体どのくらいの常連がいるのだろうと思う。

「あの、いまマゴ茶と聞こえましたが、それは……」

「鮪を胡麻醬油に漬けてそれをオマンマに乗っけ、お茶をかけるの。鮪のマと胡麻のゴでマゴ茶」

しのが無駄のない説明をし、典子は手早く支度にかかった。男がそれを後で僕にも、と言いかけた時、引き戸がまた勢いよく開いた。

また常連かと思ったが、どうも様子が違う。初老の女性が慌てた様子でしのに駆け寄ったのだ。

「どうしたの喜美(きみ)ちゃん、何かあったの？」

「しのさん、だ、旦那様が……」

「いいから座んなさい。あんた、悪いけど向こうへ一つ詰めてくれないかね。典子、水を」

喜美ちゃんと呼ばれたその人は水をコップに半分ほど飲み、いくらか落ち着いたようで、しのに何やら話しかけた。

辺りを憚(はばか)るのか小声でよく聞き取れない。しかし緊迫感が店全体を支配し、静まると、聞き取れるようになった。

「いなくなったって。いつから？」

「金曜日の夜はいらっしゃったと思います」

「そらそうだろ、金曜日の晩はうちに来てたもの。いつも通りさ。酒を一杯だけ飲んで食事をして帰ったよ。土曜日の朝食用のシャケと梅干のオニギリの土産を持ってね。土曜日の朝、そのオニギリは食べたのかね？」

喜美は月曜から金曜まで家政婦として通っているという。

「え、何？　喜美ちゃん私をいくつだと思ってるんだい。耳が遠くなってるんだよ。うん、月曜日、つまり今朝、ゴミはなかった。と言うことはオニギリは土曜の朝にどっか他所で食べたんだね。で今日一日待っても帰ってこないということかい」

「お屋敷もきれいなままですし、今日で土、日、月と三日間いないのではないかと……」

「旅行カバンがなくなってるとか」

典子がそう言うと喜美は強く頭を振り、しのと典子の両方に訴えるように言った。

「いえ、何もなくなっていません。衣類もそのままですし、ただお姿だけが見えないんです」

「さあどこへ行っちまったんだろう銀ちゃん」

いなくなってしまった人は銀ちゃんと呼ばれているのか。

「認知症が始まってるってことはないよね」

クボちゃんは助け船のつもりだったが、しのに叱られた。

「バカお言いでないよ。あんただって知ってるじゃないか。銀ちゃんは口数こそ少ないけど、言うことには筋が通ってるんだ。金曜日の晩だっておやすみを言う前に変わったところなんてこれっぽっちもなかったんだから」

クボちゃんは、じゃやっぱり旅行かなあと言い、また叱られた。

「だったら私に言うはずじゃないか。銀ちゃんが私に隠し事なんかするわきゃないんだ。そりゃ大金持ちと貧乏人の違いはあるよ。でも互いに戦後からこっちの渋谷を見てきた同志なんだからさ。しかし銀ちゃんどこ行っちまったんだろうねえ。こんなこと初めてだよ」

クボちゃんがゴメンと小さく言い、少しだけその場が和んだ。そしてしのが声を張った。

「そうだ、あの男に頼もう。典子、電話しとくれ。ハッショーだ」

えっ、ハッショーという名前の人がいるのか？　ハッショーはこの店の屋号ではないのか？　男は混乱した。

典子がスマホに話しかける。

「私。今ちょっといい？　おばあちゃんと代わるね」

「……どうした八祥、しばらく鼻の頭を見せないじゃないか。ウソをお言いでないよ、売れない噺家（はなしか）が」

噺家？　落語家のこと？

「ほら、いつか銀ちゃんと話し込んだことがあるだろ。そう、松濤の銀二郎さんだ。そうそう、あの大きなお屋敷で一人暮らしの。あの人がいきなりいなくなっちまったんだよ。まだ三日間なんだけど、今までこんなことなかったから心配でさ。それが私にも喜美さんというお手伝いさんにもまったく心当たりがないんだよ」

しのが続ける。

「で、あんたを思い出したというわけ。どうだい、ここは忠義の見せ所だよ、ひと肌脱いでくれないかね……。そうかいありがとうよ。じゃ明日、待ってる。それまでに戻ってくりゃそれはそれでめでたいわけでさ。一杯奢るから頼んだよ」

しのはそう話し、典子にスマホを渡すと男に言った。

「ごめんよ、妙なことになって。滅多にあることじゃないんだよ。普段は穏やかな店なんだ。さ喜美ちゃん、心配だろうけど今日は帰んな。心丈夫なのと連絡がついたからさ、専門家だからきっと見つかるよ。明日の朝もお宅に行くんだろ？　もし銀ちゃんが帰ってたら電話をおくれよ」

典子がスマホ番号の書かれた紙片を喜美のエプロンのポケットに入れ、何時でもいいからと言い添えた。

喜美が帰ると、しのが言った。

「さ、みんな、寛いでるとこごめんよ。そういうことでオヒラキにしようじゃないか。すまないけど仕上げをして帰っとくれ」

男の名は森山である。あまり大きくない商社に入り八年、最初の勤務先は福岡だった。三年いて、次の大阪が五年、次は仙台か札幌かと思ったら運良く東京本社に転属となった。

出張や外回りもあり、毎日通るわけではないが「恋文横丁　八祥亭」は会社に通う道すがらにあった。

最初から気になった。仕事柄接待もあり、多くの店に出入りしたが、どこにもない独特の雰囲気があった。

ある日のこと、今にして思えば若女将だが、彼女が店先の掃除をしているところを道の反対側から見かけた。少し年上だろうがきれいだと思い、独身だろうか、まさかそんなことはと要らぬ詮索までした。

森山はポケットマネーで飲める店であることに安堵した。高い店に思え、躊躇した日々を呪った。実に明朗会計で、千円を超す料理はほとんどなかった。

その日は常連の一人である銀二郎さんという人の行方が知れなくなり、中途半端な形でオヒラキとなった。

翌日は仕事が手につかないくらい八祥亭が気になって仕方がなかった。恋文横丁という響きも頭に残った。しの、典子の顔がチラつく。クボちゃん夫婦や奥の四人、そして酔っ払いも二人いたっけ。喜美ちゃんと呼ばれたお手伝いさんの不安げな表情、そして松濤の屋敷に一人で住むという銀二郎さんとはどんな人なのか。そしていかなる理由で姿を消したのか。そうだ、ハッショーという名の人は何をする人なのか。専門家とは一体何の——。

「森山、つきあえ、接待だ」

ああこんな日に限ってこれだ。上司である課長が言うには、先方のご指名だという。我が社にとって有力な取引会社の部長で、三回ばかり会い、座の取り持ちがいいと気に入られた。よりによってこんな時にと思ったが、仕事である。接待の常で先方が帰ると言うまで帰れず遅くなり、奮発して有楽町からタクシーを飛ばした。閉店間際に間に合うかもしれないという一縷（いちる）の望みはケシ飛んで、八祥亭は暗がりに沈んでいた。

そして次の日。今晩はあの店に大手を振って行けるのだと思うと仕事もあまり手につかなかった。課長は出張中なので、早あがりでも問題はない。しかし開店と同時では浅ましい。かと言って遅くでは銀二郎さんのその後を聞き逃す恐れがある。

開店一時間の経過を待って引き戸を滑らせた。四つの顔が振り向いたが、真っ先に声を出したのはカウンターの中の典子だ。

「あらいらっしゃい。ホントにまた来てくれたのね」

ここへお座りと、しのが自分の隣のイスをポンと叩いた。

「おとといに来てくれた人だね。名前聞いてもいいかい」

「森山と申します」

「すまなかったねこの前は。落ち着かなかったろ」

「まずビール、でしたね」

典子がそう言い、大瓶から最初の一杯を注いでくれる。プハーと言ったらクボちゃん夫婦が手を振ってくれ、森山は会釈で応えた。

「鮪の中落ちを溶きガラシで食べるのもおいしいんだけど、どう?」

「若女将、それいただきます」

「それからトン漬でも焼こうか」

「好物です。神奈川県厚木の名物、豚の味噌漬でしょ。子どもの頃から食べてました」

「あら何でも知ってるのねえ」

「いえ、たまたま生まれが小田急線の経堂（きょうどう）なんで、小田急線つながりです。井の頭線じゃなくてすいません」

「謝ることないわよ。下北沢でつながってるじゃないの」

典子との会話が切れるのを待って、しのが言った。

「森山さん、あんた間のいい人だね」

「えっ、僕がですが？」

「だってさ、迷惑をかけちまったあの一見の人はどうしてるだろう、と思った時にあんたがヒョイっと顔を出すんだもの。一昨日、追い立てるように帰ってもらったから、気にしてたんだよ。そこへガラリだろ。ああ、いい間の人だなと思ってね」

典子がトン漬とホウレン草のおひたしを前に置き、森山に言った。

「私のこと、若女将と呼ぶのは勘弁してね。柄じゃないし。かと言ってママでもないし、もちろんあのうと手を挙げて注文してくれてもいいし、典子だからノンちゃん、ノンくん、のりこさん、そう、テンコちゃんでも構わないわ」

「テンコちゃん？」

「子どもの頃はそう呼ばれてたの」

「のりこさんでいいですかね。テンコちゃんはちょっと、美人には恐れ多くて……」

「あら、嬉しいこと言ってくれるじゃないの、こんな薹が立った女に」

「ホント、世辞まで上手いよこの人は。せいぜい通ってくださいな。うちの客層に欠けてる世代だし」

いい感じに酔っている。もっともっと飲める気がする。で、仕上げはマゴ茶で決まりだ。


「森山さん、あんた聞かないね」

「はあ？」

「銀二郎さんがいなくなったこととか」

ここでは新参者ですからと言うべきなのだろうか。商社では消極的な者は無能扱いされるが、積極的に見える図々しさも嫌われるのだ。

「こっちから話そうかね。ゆうべ八祥がここに来てね」

「あの、そのハッショーという方は……」

「噺家、落語家とも言う。うちが昔、寄席をやってた頃の話はしたよね。最後の頃の客」

「えっ、そんなに長く経営されたんですか」

しのによれば渋谷八祥亭は場所を三度変えているという。寄席ではあるが落語の定席ではなく、もちろん落語もあるが、時代とともに出し物も変化し、折々に、コント、津軽（つがる）三味線、ひとり芝居と何でも加わった。始めた当初が百人、最大時が三百人、閉める間際は八十人の客席だった。龍三はとうに亡くなり、経営はしのに任され久しかったが、好条件で立ち退きの話が持ち込まれた。

しのもそろそろ潮時だと思っていたので、最後の二年間は好きな座組みをした。好きな落語家と好きな色物芸人、ぎっちり詰めかける客。これが客席三百人時代だったらと思わないではなかったが、客席八十に百二十人の客は業界言うところのギチ満員で、しのは席亭として大満足したのだった。

「八祥はその最後の二年に何とか間に合ったのさ。学生時代から熱心に通ってきてね、私ゃてっきり落語家になるもんだと思ったよ」

「でもハッショーというお名前で」

「そう、あの子が落語家になった時に八祥の名前をやったのさ。でもそれは後の話。あの子は卒業するとよりによってデコ助になったのさ」

「おばあちゃん、もう口が悪いんだから。警視庁に入ったということです」

「警視庁？」

　森山は混乱した。

「何てえの、チャリアとか言うやつだよ」

「キャリアです」

「そうだった、典子の先輩だったね」

「一緒にしたら失礼でしょ。私は文学部で八祥さんは法学部、レベルが違うわ」

「同級生はみんな検事や弁護士や裁判官になったらしいね。霞が関（かすみがせき）に行くとか。それがあいつは桜田門（さくらだもん）」

「おばあちゃんたら。その人にお世話になっているんでしょ」

　ああそうだったねと言い、しのは口をつぐんだ。

　森山がしのに言った。

「八祥という名前は分かりましたが、亭号と言うんですか、上の名は？」

「山に遊ぶと書く山遊亭（さんゆうてい）八祥、山遊亭海彦（うみひこ）師匠の弟子だよ」

「海彦師匠は有名ですから僕も知っています。でも八祥というのはあまり聞かない芸名ですね」

「そりゃそうだよ、公に活動してないもの。籍はまだ桜田門にあるのさ」

森山はついていけなくなった。警視庁に籍があるのに山遊亭八祥という芸名を持っている。落差があり過ぎる。

しのが笑いながら言う。

「何かしでかしたに決まってるだろ。だけど懲戒免職ってのかい、クビじゃないんだ。ただ職場に出るには及ばずってんで、もう足かけ三年になるかねえ」

しのはシャを飲みながら続けた。

「いいとこあるんだ八祥のやつ、給料はそのまま出てて、それじゃ申し訳ないってんで山遊亭海彦師匠に弟子入りして、だから芸としては本寸法(ほんすんぽう)で、だけどいつ職場復帰の声がかかるか分からないから、協会にも所属しないし寄席にも出られないんだ。客分てえのかね。それで少年院や刑務所、老人ホームなんかを回ってるんだ。表に出ないんだから森山さんが知らないのも無理ないさ」

そうか、そういう形での落語家なのか。するとセミプロということになるのか。

「おい典子、そろそろ来る頃だろ」

「三十分前ぐらいに品川に着いたってメールがあったから、じきよ」

品川？　新幹線でだろうか。そうか、八祥さんがこの店に向かっているのか。

「京都から向かってるんだよ。行方不明者を保護してね」

しのがそう言ったその時、ガラリと引き戸が開き、精悍な感じのする男が入ってきた。森山より七、八つ年上だろうが、中年というより青年の名残りがあった。身長は一七五センチの森山とさほど変わらないが、肩幅が広く胸板がガッチリしている。警察官は剣道か柔道をやると聞いたが、さてどっちだろう。黒のスーツだがノーネクタイだ。

「遅くなりまして。しのさん、お連れしましたよ。さ、どうぞ」

男の後ろから、促された長身痩軀の老人が入ってきた。スラックスにジャケットという姿だったが、目を引いたのは見事な白髪だった。老人は、しのさん、皆さん、ご心配をおかけしましたなと言い、深々と頭を下げた。

「八祥、よくやった。話は後。とにかく無事でめでたいんだ、一杯いこうじゃないか。さ、みんな、銀ちゃんが帰ってきたんだ、奥へ移動しとくれ。ほらクボちゃんも手伝って。まずテーブルを真ん中で合わせな。そうすりゃ何人でも座れるから。さ、自分のイスを持って移動」

本当だ。七、八人は優に座れる。十人でも大丈夫だろう。

「典子、酒は面倒だから一升瓶をドンと置いときな。刺身なんか切らなくていいよ。主役は話なんだから。おでんを鍋で用意したって？　分かってるねこの子は」

「無事見つかってホントによかった。カンパーイ」

しのの音頭に銀二郎が立ち上がって再び頭を下げた。

「いいから座んなさい。いいかい銀ちゃん、今の乾杯が献杯になったかもしれないんだよ」

すごいこと言うなしのさんはと森山は思ったが、一同はドッと笑った。

「さ、顚末（てんまつ）を聞こうじゃないか。まずは八祥からだ」

「昨晩、当店におきまして喜美さんからさまざま聴取したところ……」

「これ、何だい八祥、その聴取ってのは。喜美ちゃんは犯人じゃないよ」

「いや、ついうっかり」

「普通に喋（しゃべ）んな」

「はい。色々話を伺いまして、まずはお屋敷を見させてくださいと案内をお願いしました。豪壮にして質素という表現はおかしいんですが、華美なところはひとつもなく、つつましく暮らしていらっしゃることが分かりました。邸内に変わったところがなければ、郵便物に手がかりがあると思いまして、この半月分を見せてもらいました。手紙かハガキが来て、誘われたか呼び出されたかしたと思ったわけです。処分した可能性もありますが、郵便物はガス、水道、電気等のごく一般の請求書ばかりでした。ふと傍らの電話に目がとまりました。家電(いえでん)、あるいは固定電話と言われるものです。しのさんは着信履歴というのをご存知ですか」

「何だいそりゃ」

「今の電話はかけてきた先方の電話番号が記録として表示されるのです。非通知と言って表示されないのもあるのですが、見ますと金曜日の夜遅くに携帯からの着信履歴がありました。もしやと思いリダイアルしてみると……」

「何だいそのリダ何とかってのは」

「リダイアルボタンを押しますと、先方につながるのです」

「相手は電話に出たのかい。で、何者？」

「まあ落ち着いてください。電話には、落ち着いた中年女性が出ました。官職を言い、名乗ろうと思いましたが、まずは麻生（あそう）銀二郎さんゆかりの者だと言いました。と息を呑（の）む気配がありました。事情を話して尋ねると、どうやらそちらにいるという。で今日、京都までお迎えに上がり、お連れしたというわけです」

「えっ、その女っていったい？」

しのが声を上げる。

「まあ、まあ。詳しい話は銀二郎さんからどうぞ」

銀二郎は頭を下げ、注目を柔らげるように言った。

「皆さん、手が止まってます。ご心配をおかけして大した話でもないと言うのは失礼な話ですが、どうぞ飲みながら話を聞いてください」

銀二郎はそこで一つフーと息を吐いた。

「私は妻を亡くして二十年になります。妻は家が決めた許嫁（いいなずけ）でした。私がもの心つく頃、それはもう既成の事実で、私もそういうものかと疑問にも思わず、成長しました。大学三年生の時、事件が起きました。事件と言っても私にとって大きな出来事という意味で、私は恋に落ちたのです。どうぞお笑いください」

一同が頭を横に振り、話を促す。

銀二郎は一人の若い女性と映画館でたまたま隣り合わせた。上映前の明るい時、その女性が銀二郎の奥の席を指し、そこよろしいですかと言ったのが始まりだった。そこそこ混みあい、また当時の映画館は座席と座席の間が狭く、じゃ僕がズレましょうと銀二郎が移動し、彼女がご親切にと言って隣席に座った。ひと目惚れだった。物腰に気品があり、言葉使いにもエレガントさを感じた。そうなると映画どころではなく、洋画だったことしか覚えておらず、頭の中は、映画が終わったらどう話しかけようかで一杯になった。

「不器用な男はこういう時困ります」

と銀二郎が言い、一同は、でどうなったと乗り出す。

銀二郎は勇を鼓してお茶に誘った。彼女はアーモンド型の小さな腕時計を見て、二十分だけならと答えた。質問ばかりだと不審がられると思い、自分のことも喋りながら、彼女がお嬢様大学の二年生であること、しおりという名であることを聞き出した。

銀二郎は一同にしほりと書いてしおりと読むんですと言った。別れ際、思い切って電話番号を聞いたが、身を寄せている親類の家が厳格で電話は困るとのことだった。これは脈がないのかなと思ったが、彼女から思わぬ提案がなされた。こちらからかけますからそちらの番号を教えてくださいと言うのだ。

「ひょー、それは相思相愛だ」

言ったのはクボちゃんだ。

翌日、本当に電話があり、銀二郎はデートの約束を取りつけた。銀二郎は、私には逢いびきという言葉の方がしっくりくるんですがと言い、和ませた。

「キスは接吻、口づけと言ったりして」

とクボちゃんが茶々を入れ、しのさんに頭をペチャリとやられた。

銀二郎は女性に何度も電話をかけさせることはできないと思い、デートの時に次の約束をし、それを繰り返した。

「大したところへは行きません。互いに好きな洋画を観たり、喫茶店で喋ったり、二人とも下戸に近いもんですからたまにカクテルぐらいは飲みましたが、ああ文学の話も少ししましたな、彼女は国文科だったもんですから。しのさん、あなたの八祥亭にも何度か行きましたよ。まだ若く忙しく働いてましたなあ」

しのが頷き、先を促した。

「しおりさんは実家が関西で、江戸の伝統芸能に興味を持っていました。八祥亭は恰好の教材だと喜びました」

しのが大きく頷いている。

しかし二人の蜜月は半年がせいぜいだった。仲が深まるに連れ、銀二郎は苦しくなった。銀二郎には許嫁がいるのだ。

「親にしおりさんとのことを正直に打ち明け、許嫁の件を解消してくれるよう頼みましたが、どうにもなりませんでした。どうやら土地の問題が絡んでいたらしく、予定通りに結婚することですべてが解決するんだと逆に説得されました。後になって駆け落ちする手もあったと思いましたが、お笑いください、のほほんと育った当時の私にその勇気はありませんでした」

　一同はそれぞれに思いを巡らせ黙り込んだ。気を遣ったのは銀二郎の方だった。

「ほら皆さん、また手が休んでますよ。所詮年寄りの繰り言です。飲みながら楽に聞いてください。次のデートの折の喫茶店で向かい合った時です」

　お話があります、と言ったのは二人同時だった。お互いに驚き、そして察した。しおりにもまた許婚者（いいなずけ）がいたのだ。しおりが嫁ぐことで両家が円満に納まるという事情まで似ていた。つまり解消はできない。お互いが苦しんでいた。のぼせ具合も似ていた。

　典子が銀二郎のコップに日本酒を注ぎ足した。

「それが別れでした。つきあえばつきあうほど傷口が深くなるのはわかっていましたからそうするしかなかったのです。未練でした。そして現実がありました。私はその後大学を卒業し、いずれ土地家屋等を管理すべく不動産を扱う会社に入り、そういった方面を勉強しました。因果なもんです。私が望んだわけではないのに、なまじ資産を持った家の一人息子に生まれると、そういうハメになるのです」

クボちゃんまでが深く何度も頷いている。

「そして結婚しました。もちろん許嫁とです。見知った仲でしたから違和感はありませんでした。情が移ると言うんでしょうか、一緒に住むとそうなります。妻は心臓に疾患を抱えてまして遠出はできなかったのですが、近隣に一泊か二泊する小旅行に大変喜びました。そして私くらい幸せな者はないと屈託なく何度も言いました。私は妻がどんどん好きになり、過去をひきずっていては妻に申し訳ないと思い、しおりさんのことを胸の内から追い払いました。努力はするもんですねえ、忘れる努力を重ねたら本当に忘れてしまったのです。自分で薄情な男だと思えるくらいに」

しのがゆっくりと頭を横に何度か振り、やがて一つ大きく頷いた。

銀二郎夫妻は過不足なく睦(むつ)まじく暮らした。そして妻はやはり心臓が元で亡くなった。その死の間際、妻の手を取ると銀二郎の手を握り返し、わたししあわせと言い、涙をひとしずくこぼして旅立った。

以来二十年、再婚話もいくつかあったがすべて断り、銀二郎は妻との思い出とともに今日まで生きてきた。子どもは授からなかったが、掃除や身の回りのことは家政婦の喜美がやり、できるだけのことは自分でとの思いもあったから、不自由は何一つなかった。

「はい、金曜日の晩までは」

銀二郎は老境を楽しんでいたのだ。

「近年こんなに喋ったことはありません。喉が渇きました」

銀二郎はそう言い、コップ酒を三分の一ほどクイと飲んだ。

「いやあ冷や酒って旨いもんですなあ。長くこの味を知りませんでした。これからは燗でなく冷やにしましょう。さて金曜日の晩、私はこの店にお邪魔をし、夕食を摂り、朝食用のオニギリを二ついただいて帰宅しました。いつも通りの道をです。なに五分もかかりません。私はパリッとした海苔が苦手で、朝にはオニギリの具も海苔も米に馴染んでいるだろうなと、道中考えることもいつもと同じです」

銀二郎はコップを置いた。

「門扉を閉める時、遠くで電話の鳴る音が聞こえました。夜に電話がかかることは滅多にありませんから、はて誰だろうと居間に入ると、音は止んでいました。気のせいだったかなと上着を脱いだ時、また鳴り始めました」

銀二郎は受話器を取ったところ、夜分失礼かと存じましたが、京都から何度もおかけしていますと中年女性の柔らかい声がしたという。

「実は母がどうしてもひと目会いたいと申しておりまして」

と続いたのだが、銀二郎は何の話かさっぱりわからなかった。現在の姓と旧姓まで告げられたが、まるで心当たりがない。

「母の名はしほりと書いてしおりと読みます」

何とそのひと言を聞いた途端、銀二郎は電光に打たれた。

「ああ何ということでしょう。数十年間封印していたものが一挙にあふれ出したのです。しおりさんとともに過ごした映画館、喫茶店、図書館などが次から次へと鮮明に甦(よみがえ)り、現れるのです。フラッシュバックと言いましたかね」

「うん、走馬灯のようにってやつ」

「バカ、そりゃ今際(いまわ)の際(きわ)に見るんだよ」

クボちゃんがまた頭をペシリとやられる。

「いいんです。実際にしおりさんはその状態にあったんですから。私は我を忘れ、大学生に戻ってしまいました。矢も盾もたまらずしおりさんに会いたくなったんです。

病院名を聞き、品川へタクシーを飛ばし、最後ののぞみに飛び乗りました」

のぞみが速いなんてウソですねと銀二郎は言った。早く会いたい気持ちでいっぱいだったせいか、ノロノロとしか感じなかった。

病院前にはしおりに面差しの似た中年女性が立っていた。電話をくれたしおりの娘だった。銀二郎の胸にしおりの身内や親類筋のことが過（よぎ）ったが、彼らは別室にいて、十五分だけ単独で病室に入ることが許された。娘の配慮だった。そこには女子大生の時と変わらぬ面差しのしおりが横たわっていた。

しおりは肩で息をしていたが、本当に来てくれたのねと言い、二人は見つめあい語りあった。ともに観た映画の話をしている時しおりがしみじみと、これで思い残すことはないわと言ってほほえんだ。その夜は娘が取ってくれたホテルに一泊した。翌朝、娘からの電話で、面会の三十分後にしおりが亡くなったと知らされた。銀二郎は間にあってよかったと真底思った。親戚の扱いはできませんがとの断りはあったが、通夜には是非ご列席をと言われた。

そうして一般人として通夜に臨んだのだが、そうなると告別式にも出席しないと収まりがつかなくなった。

娘が教えてくれた、京都のしおりの母校などゆかりの地を訪ね歩き、銀二郎はしおりの若き日を共有した。ホテルの連泊は五日にもなり、このまま京都に住んでもいいかと思い始めた。

「改めてお線香をあげに、しおりさんの家を訪ねている時に、娘さんから電話を渡されました。その相手が八祥さんだったというわけです」

そうか、そうやって二人は京都から帰ってきたのかと森山は納得した。常連たちもふうーと息を吐いた。

「八祥さんと話をした時、私は愕然(がくぜん)としました。自分としおりさんのことに夢中で、喜美さんや皆さんに心配かけていることがスッポリ抜け落ちていたのです。そのまま携帯で、喜美さんと典子さんにはとりあえず無事であることを知らせましたが、本当に皆さん、申し訳ございません。そして八祥さん、出迎えありがとうございました」

自然にみんなが拍手をし、しのが言った。

「銀ちゃん、いい話を聞かしてくれるじゃないか。このすれっからしが涙ぐんじまったじゃないかよ。どうしてくれんだい」

「しのさん、じゃこうしましょう。いま私は非常にさっぱりした気分で、もう思い残すことがないんです」

「冗談じゃないよ。今すぐ死ぬようなことを言って」

「逆です。少し不良爺い(じじ)になってやろうということです。酒ももうチビチビ飲むなんてことはしません。ガバガバやります。手始めにお詫(わ)びの印として今日のここの勘定、私が持ちましょう」

ワッと歓声が上がったが、銀二郎はひと言余計なことを言った。

「ま、大したものは出てませんが」

今度は典子の口が尖(とが)った。

「ちょっと銀二郎さん、あなたの話をゆっくり聞くためにおでんと冷や酒にしたんでしょうが」

「やや、そうでした。これは失敬」

その時八十歳を優に超えた老人の目がいたずらっ子のようになった。

第二話　魚定の源ちゃん

渋谷は東急本店の近くに恋文横丁八祥亭はある。夜が更けると人の動きは円山町のホテルとクラブ街に移り、渋谷駅と井の頭線の神泉駅から多少離れていることもあって、八祥亭はポツンと暗がりに佇むかのように見える。そう、先程までの喧騒がウソであったかのように。

八祥亭がランチ営業を止めて三年になる。

私ゃもうくたびれたよ。しののひと言でそうなったのだが、味と値段を評価し重宝してきた近隣のサラリーマンにはしつこく恨みごとを言われた。

「戦後からこっち、渋谷にはずいぶん尽くしてんだ。もう解放しとくれ」

しのは決まってそう答えたが、夜、飲みに来とくれよ、サービスするからさ、と添えるのを忘れなかった。

かくして八祥亭は夜のみの営業となり、しのの孫である典子中心の店となった。しのは閉店の一時間ほど前、常連が顔を揃える時間帯に、それでも律儀に顔を出す。

そして間遠になったが、時折は料理の腕をふるう。ランチの時に人気のあったチャーハンと新鮮な魚料理である。

しのの料理のキャリアは父龍三が壮年時代に経営していた寄席の賄いに始まった。

父、しの、従業員二人の四人分が振り出しで、最大十人前を日に二回、何年も作った。これに結婚後の夫と息子の分が加わり、鍛えられた。「食事は活力の元」が龍三の口癖で、食卓に芸人が加わることも多かった。

寄席を売り払い、それを原資にマンションを建て、一階に店を構え、二階のふた部屋をしのと典子の住まいとし、二階の残りと三階の六部屋を貸し出している。その家賃のおかげで店の料理の値段を据え置きにできているのだ。

かつて典子はしのの運転で築地（つきじ）まで買い出しに出ていたが、高齢になったため、次第にしのの運転が危うくなった。軽い接触事故を起こしたのをきっかけに、築地通いをやめ、しのは運転免許を返納した。

「ノンちゃんは免許持ってないだろ。オレが一緒に仕入れてきてやるよ」

常連である魚定（うおさだ）のひと言が嬉しかった。

「オレも食うわけだから下手なものは仕入れねえよ」

魚定はそう笑い、典子は目の利く魚定の通称サダやんに仕入れを託すことになった。

ある日のこと、いつものように午後三時、典子は魚定に顔を出した。

「ノンちゃんは几帳面（きちょうめん）だねえ。いつも三時ちょうどだ。脂の乗ってるカジキマグロのいいのが入った。焼いて大根おろしを付けるといいや。下手なブリより旨(うめ)えからさ。あとはインドマグロの赤身だ。刺身でよしマゴ茶でよし。それからバカ貝と柱だ。柱は三ツ葉と掻(か)き揚げかな。それと……」

　サダやんが自分がどう食いたいかを言うのはいつものことで、そしてその通りに店で出すと、客も本当に喜ぶのだった。

　さっきから奥で典子に笑いかけているグエンは、三年前から魚定で働くベトナム人で、まだ二十代半ばだ。

「源(げん)ちゃん、そろそろ表に出て刺身を作りなさいよ。あなたの腕ならそれだけでパフォーマンスになるんだから」

　魚定がグエンを呼ぶ時、当人はグエンと言っているつもりなのだが、傍(はた)からは詰まってゲンに聞こえる。グエンはいつしか周りからゲン、源ちゃんと呼ばれるようになっていた。

「ノリコさんそれ違う、分かってないね。ボクはベトナム人ね。日本人より少し手の甲の色黒いよ。手の平は白い。これお客さん嫌がるよ。ボクが奥で刺身を作る。それオヤジさんが店に並べる。お客さんはそれオヤジさんが作った刺身と思う。誰もオヤジさんの右手の腱鞘炎のこと知らないね。みんな幸せね」

　今日も同じ答えが返ってきたが、それにしても見込まれたものだ。わずか三年でここまでの腕になるとは努力はもちろん、才能のなせるわざだろう。サダやんは源ちゃんをよく自慢する。あいつの刺身はエッジが立ってて口に放り込んだ時に当たりが違うんだ、と。

「オヤジさんパワハラね、この前ボクの頭をゲンコでぶったね」

「ウソつけ。平手でペチンとやっただけだろうが」

　典子の前でそんな会話が交わされる。典子は源ちゃんの笑顔が好きだ。はにかみつつ恥じらいを浮かべて笑うのだ。それはまさに今の日本人が忘れた笑い方だ。何とか言った。そう「東洋の微笑」だ。

　外国人が鮮やかに刺身を作るのは確かにパフォーマンスだ。みな驚き、拍手を送るだろう。しかし源ちゃんは笑って奥での刺身作りにこだわる。本音だろうか。もしや不法滞在……。そんな思いもよぎらぬではない典子であった。

　店の仕込みが一段落して、近所の行きつけの喫茶店に入ると、グエンが奥から手を上げた。この喫茶店では初めて会う。

「待ちぶせです。オヤジさんに聞きました。仕込みが済むと、ノリコさんは開店までの間にここでお茶を飲むって。店忙しいけど三十分だけ暇をもらいました。早く座ってください」

グエンは先回りして答えた。

「ハッショウテイ、ボクには言いにくいね。ノリコさんの店のお客に警察の人がいるとオヤジさんから聞きました。ボク、紹介してもらいたいです」

それは典子の大学の先輩であり、警察キャリアでありながらボランティアの落語家として施設を回っている山遊亭八祥のことだ。警察関係の客は一人しかいないから決まっている。

「それって深刻な話？」

「ボクのお姉さんを捜して欲しいのよ」

「お姉さんは日本にいるの？」

「実はボク、姉を捜すために日本に来たね」

グエンの姉は四年前に忽然（こつぜん）と家から姿を消したという。自宅のあるベトナム・ダナンはもちろん国内でも見つからず、外国に渡ったのかと思ったが、それがどこの国かまるで見当がつかない。自室には一切の手がかりがなかった。幼馴染（おさななじみ）や友人の一人一人を訪ね、友人のそのまた友人に手がかりを求めた時、思わぬことを聞かされた。

「一度しか会ったことはないけど、日本語を一生懸命に勉強してるって言ってたのを覚えているわ」

日本語の勉強？　グエンにはまったくの初耳だった。日本に関しても日本語についても家族や姉弟の間で話題になるのはかろうじてアニメや歌手についてだった。それもごく稀だ。でもグエンの姉は日本語をひそかに勉強していたという。しかも一生懸命に。それはそうする必要があったということだ。なぜ日本語？　グエンはまるで心当たりがないまま、姉は日本にいると思わざるを得なくなった。

「ボクどこから見てもベトナム人ね。だけどなぜか姉はベトナム人に見えない。お父さんが日本人、と言うとみな信じるね。足が長くボクより身長も高くて、おまけに美人ね。プロポーズもいっぱいあったよ。姉はみんなそれ断った。いい話もあったけどね」

いい話とは相手が金持ちということかと聞くと、グエンは頷いた。そういうところは日本もベトナムも変わらないらしい。

「姉の家出、家出で合ってる？　いなくなったんだから家出だよね。シッソウ？　あ、そうも言うんだ。日本語むつかしいね」

グエンは五歳上の姉がとても好きらしく、熱心に語る。姉がものごころつき、グエンがまだ幼かった頃、両親が離婚した。それが姉の失踪の原因ではないか。近頃そう思えてならない。グエンはそれらのことを時々笑みを浮かべながら、時に曇らせながら、切々と訴えた。

「お姉さんが日本にいる確証はあるの？」

グエンが一葉の写真を取り出した。なるほど美人である。しかも日本人としてどこでも通るだろう。

「ノリコさんにはかなわないけどね」

グエンが精一杯のお世辞を言った。

「休日にはその写真を持ってあちこち回ったよ。新宿の歌舞伎町(かぶきちょう)は大きいね。大き過ぎてどうにもならない。池袋も訪ねたけど、中国の人がほとんどだったね。渋谷は地元だからよく捜したよ。あのほら、虫を潰すやつ。そう、シラミ潰しに。でもダメね」

「では東京にはいないってこと？　じゃまだ日本にいるかどうかは分からないのね」

ところが、とグエンが身を乗り出した。

「横浜にいたのよ。キャバクラという店に。川崎にもう日本に長いベトナム人がいて、似てる人を横浜で見たと言うから、ボク必死に捜したよ。何軒目かで店から帰るホステスさんに写真見せたら、あ、レンコちゃんだって。レンコ、レンコ？　どんな字と聞いたら蓮(はす)に子どもの子だって。ああ何ということ。蓮はベトナムの国の花、国花よ。なぜ誰もそれを知らない？　知ってればベトナム人と分かったかもしれないのに」

「それは源ちゃん、分かれって言う方が無理よ。私もベトナムの国花が蓮だと今知ったし、このお姉さんの写真はほとんど素顔でしょ。素顔でこれだから化粧したら飛び抜けた美人になるはずよ。そう、美人のキャバ嬢」

「キャバジョウ？」

「キャバクラに勤める女の子をそう呼ぶの」

グエンは納得し、肩を落として続けた。

「ノリコさん、だけどそれ二年前のことよ。日本にいることだけはわかって、どこにいるかが分からない。ボク疲れたよ」

グエンは魚定のサダやんから真剣に説得されていると言った。店を譲るから跡取りにならないかと持ちかけられているのだ。そこまで見込まれているのかと典子はあらためて驚いた。姉のこと、帰化を含めた今後の身の振り方をどうしようか。ビザも残り少なくなっており、ホームシックもあるのだとグエンは涙をポロリとこぼした。

三日後のことだった。常連客とともにしのも帰ったあと、奥のテーブル席で八祥とグエンが向き合っていた。

「みんなゲンちゃんと言います。漢字で源ちゃんです」

典子はカウンターの中で洗い物をしている。

「源ちゃん、あなたは横浜のキャバクラでお姉さんを知るキャバ嬢と会ったと言いましたよね」

「はい、会いました。やはり姉は日本にいるのだと思いました」

八祥はうなずく。

「ちょっと調べてみたんですが、実はその人はまだその店に勤めてましてね、私も会うことができました」

グエンが目を丸くした。典子を見るとほほえんでいる。もう動いてくれていたんだ。グエンはそう感じた。

「お姉さんが確かに在籍したとの確認も取れましたので、アパートにも行ってみました」

えっ、もう姉はそこにいないのにという目に変わった。

「大家さんに会うためですよ。念のためです」

今度はグエンの目が、ああこの人はそういうことまでしてくれるのかという風に変わった。八祥は話を進めた。

「大家さんの話によると、お姉さんは三ヵ月の契約で入居したそうです」

え？　とグエンが声を出した。

「最初からそのつもりだったということですね。店を仕切るマネージャーからも話を聞きましたが、お姉さんが店にこなくなった日がちょうど四ヵ月目だったと。ま、マネージャーも後で気づいたんですが」

源氏名・蓮子がいよいよいなくなったとわかった時、一部の上客からマネージャーに訴えがあったという。五人の客が蓮子に相当額を貢いでいた。ハンドバッグ、宝石類などである。グエンは信じられないという表情だ。

「一人ずつつきあう。五人がおかしいなと思い始めるまでがだいたい三ヵ月というわけです。でもその時はもうお姉さんはその店にいないという……」

グエンが何か言いたそうにしている。

「源ちゃん、安心しなさい」

八祥は一旦落ち着かせ、グエンの懸念に触れた。

「大丈夫だよ。お姉さんは売春なんてしていない。マネージャーに言わせると、客はその関係がなかったからなおさら未練で、ということのようだ。お姉さん、相当のキレ者だね」

「?」

「頭がいいということ。計画性があり、男の心理をよく知っているとも言えるね。危ういところで姿を消すんだから」

グエンがわずかしか訊き出せなかったことを、八祥は詳しく調べてきた。グエンは八祥の調査能力に驚いた。これまでグエンは日本の警察にいい印象を持っていなかった。パスポートの提示を、に始まる、いわゆる職質にうんざりしていたのだ。こういう警察官もいるのかという思いで、あらためて八祥に礼を言った。

「いやいや、僕はこの方面は専門外なの。ただ他の部署にいる同期やその部下が優秀でね、大家さんやマネージャーに話を聞いたのは彼らのアドバイスなんだよ。僕はいま暇でね。それで動けるんだよ」

グエンが少し首を傾けたが、八祥は笑顔で流し、表情を元に戻して続けた。

「赤羽という街を知ってるかな。京浜東北線と埼京線で行けるんだけど、ここも酔っ払い天国でね、大きな繁華街があるんだ。そこにもお姉さんの手がかりがあってね」

「えっ、ホアが赤羽に？」

「そうか、お姉さんの本名はホアというのか」

「はい、ベトナムにはよくある名前で、華やかって意味だったり花そのものだったりします」

「ごく普通の名前なんだね」

「はい、ホアはたくさんいます」

姉はその〝普通〟を武器にしていたのだという。ホアがいた赤羽のキャバクラ店マネージャーによると、彼女は決してナンバーワンを目指していなかった。美人で目立つから売り上げが伸びていくのだが、そうなると自らストップをかけたという。そして客にこう囁（ささや）いた。おカネは店に落とさず私にねと。アフターというシステムらしい。閉店後に外で会うことをそう言うのだ。

「でまあ、二人っきりになるとおねだりするそうなんだ」

「おねだり？」

「たとえばブランド物のハンドバッグを買ってとか。彼女は何人かの男に同じハンドバッグを買ってもらうんだ。五つ買ってもらったとすると、使うのは一つ。店外デートは別々にするから、男はオレが買ってやったバッグを持ってるなと思う。であとの四つを質屋などに持ち込んで換金するんだ。男の自惚(うぬぼ)れと脇の甘さをよく分かってるんだね。やっぱり頭がいいね」

グエンは考え込む。なぜだろう。国にいる時はどちらかと言えば金銭に淡白だった姉が、どうしてそこまでカネを欲しがるのだろう。目立たぬよう、地味にというのは分かる。ベトナム人であることを知られぬためだ。でも、なぜ知られてはいけないのだろう。それに、横浜より赤羽の方が被害額が大きいのも気になる。

「被害と言っても、男が喜んでプレゼントを差し出してるんだけどね。赤羽のキャバクラで働き始めたのが横浜で姿を消してから十一日目だった。いやアパートにはすぐ入居してるんだ。つまり十日かけて店を探していたということだね。少し料金の高い店。そういうところは客筋がいいからね。面接は一発で合格さ。理由は分かるだろ。ただ誰とでも必要以上は喋らなかったそうだ。客とつきあっても同僚とはつきあわないなど徹底してたそうだ。ただ、困ったことに、赤羽以降の足取りがまだつかめていないんだ……」

グエンは十分ですと答えた。八祥言うところのおねだりがエスカレートしていることは気がかりだが、姉が日本にいることが確かであることに安心していた。日本にいればいつか会える、近々会えると、グエンは確信めいたものを覚えた。ありがとうございましたと深く頭を下げ、朝の早いグエンは帰って行った。ノリコさん、いい人を紹介してもらいありがとうございますと言い添えるのも忘れなった。


「八祥さん、ビールでも抜こうか」

「いや、ヒヤで一杯いただきます」

「ちょっと待って。クサヤを炙るから」

一升瓶とクサヤを真ん中に、典子と八祥はしばし話をした。ベトナムについてだった。

「ベトナムの人、この界隈でもよく見かけるようになったわよね」

八祥はスマホを取り出し、典子に見せた。

「厚労省の知り合いから教えてもらったんだ。在留資格を持つ外国人労働者の中で一番多いのはどの国の人だと思う?」

「そりゃ断トツで中国人でしょう」

「いやそれは二位。およそ四十万人さ」

「えっ、そうなの?　私が思うに二位が韓国で三位がフィリピン、ベトナムはその次くらいかと」

「いや、ここをご覧。ベトナムが中国を抜いて一位に浮上してるんだ。今では日本におよそ四十五万人もいるんだ」

「では源ちゃんのお姉さんをその中から探すわけだ。それは大変だね」

「それも全国に散ってて東京にいるとは限らないからね。ましてや化粧したら丸っきり日本人に見えるというんだから」

八祥はその後、留学生や技能実習生について調べたことを語り、典子は刻一刻と世の中が変化していることを実感した。

「できるだけ力になってあげてね。源ちゃん、必死だから」

「もちろん。いい青年だし、何とか力になりたいとあらためて思ったよ。実は糠喜び(ぬかよろこび)になるといけないので口にしなかったけど、高崎にちょっとした情報があってね、二、三日中に行ってこようと思うんだ」

「あら、少し北ね。後ろ暗いところのある人はなぜか北へ行くと聞いたけど、それにしても源ちゃんのお姉さん、なぜそんなにおカネが必要なのかしら」

「それがわかればもう少し手の打ちようもあるんだけど、まあ犯罪ってほどじゃないからね。あ、ずいぶん遅くなった。ごめんねつきあわせちゃって。いくらでしょう?」

「何言ってんの、頼み事をしたのは私よ。それよりゴメン、肴が売り切れてしまって」

八祥が帰り、典子の脳裏にグエンの縋るような目があらためて浮かんだ。

それから数日。あ、源ちゃんが手を振っている。いつもの喫茶店だ。また待ちぶせ？　と聞くと、そうです、と屈託なく答えた。待ちぶせ、いい言葉ねと機嫌がいい。

「お姉さんのことで何かいいことあったの？」

「はい、ありました。手がかり？　そう、少し手がかりがありました」

源ちゃんは魚定夫婦に黙っていたこと、つまりお姉さんを探すために来日したことを、まずは奥さんに打ち明けたという。奥さんから定やんに伝わり、小言を食ったと源ちゃんは言った。

「ボク、水くさいという言葉を覚えたね。オヤジさん、それ何度も言ったから。なぜ早く言わない、もっと早く協力できたのにとまた怒られたね」

定やんは鮮魚店の大将だけあって社交的で顔が広い。すぐ何人かに電話をしたあと、こう言ったという。小田急江ノ島線に乗って、高座渋谷って駅で下りろ。高座は八祥さんが芸をやるところで、って言ってもわからねえか。ま、ステージって意味だな。渋谷は今いる渋谷と同じ字だ。ここと関係はねえが馴染んだ字を見たらそこで下りろ、と。

高座渋谷駅が神奈川県大和市にあると聞き、グエンの胸は高鳴った。ホアが勤めていたキャバクラが隣の横浜市にあったからだ。そこには県営の大きな団地があり、多くの外国人が住んでいるという。

「中でもベトナム人の数が図抜けていて、何でもリトルハノイとかリトルサイゴンとか呼ばれているんだそうだ。ベトナム人が住みゃベトナム料理ありだ。どうだ、お姉さんがお国恋しさに顔を出した可能性はねえか？」

グエンは大いにそれはありうると思った。

「で、もう行ったの、高座渋谷？」

「昨日の休みに行きました。そしてボクはますます可能性？　を感じました。本当にベトナム人がたくさんいました。ボクは久しぶりにベトナム語を思いきり喋りました。店もたくさん訪ねました。その中のある食堂でお姉さんの写真を見せたら、何とおばさんが来たことあると言うんです。ボクは飛び上がりました。だけどおばさんはこの人はベトナム人じゃないよ、日本人だよと言いました。男の人と一緒に来て、ベトナム料理は初めてと言ったそうです」

典子はベトナム人でも見抜けなかったホアの日本へ同化する力に驚いた。どういう努力をすればそうなれるのだろうか。

「おばさんも、実はお姉さんがベトナム人だと知ってとても驚いていました。お姉さんはスタンダードなものをと言って、生春巻とフォーを頼み、とってもおいしそうに食べたそうです。恋しくて恋しくて懐かしく食べたんだと思います」

「わかるわ。でも来たのはその一度だけ？」

「おばさんは二回来店したのを覚えてると言いました。両方とも違う男の人と一緒だったと言いました。きっとお姉さんのカモになった人たちだと思います。ベトナム料理にハマりそうと言ってその人は帰ったそうなので、また来るかもよとおばさんは言いました。ボクはあわてて用意したメモをおばさんに渡しました」

魚定の住所と電話番号、グエンの住むアパートの住所と携帯番号、メルアドが記してあった。

「ボクは必ずその人に渡してくれるよう一生懸命に頼みました。ノリコさん、ボクは嬉しい。お姉さんにもうすぐ会える気がする。感じるんだ。すぐ近くにいる気がするんだ。ノリコさん、ハッショウさんによろしく伝えてください」

グエンの笑顔を見て典子もいい気分だった。

しかしその日以降、グエンの表情は冴えなくなり、なかなか笑顔が戻らなかった。高崎から戻った八祥によると、ホアは高崎もきっちり三カ月で引き払っていたからだ。まさに用意周到、スキがなかった。同僚のキャバ嬢は八祥にこう言ったという。無口で欲がないのよあの子。あれだけの美貌なんだからその気になりゃナンバーワンになれるのに、ホント淡白なの。こっちだって少しぐらいお喋りしたいじゃない。食事に誘っても暗い目をされちゃってさ、なに考えてるか分かんなかったよ、と。

八祥の話を聞いて、典子は眉根を曇らせた。

「源ちゃん、もうすぐお姉さんに会える気がするって喜んでたのにね。で、そこからの足取りは？　あら、足取りって私も毒された？」

八祥は苦笑し、続けた。

「仙台に地味できれいなキャバ嬢がいるらしいという心もとない情報があるんだけど、とりあえず三日後に国分町という繁華街に行ってみるよ」

「仙台となると交通費もバカにならないわね」

「そこは大丈夫、老人施設の慰問落語かたがた行くんだ。ギャラはないけど交通費はだいたい先方が出してくれるんだ。土産が付くこともあるし。落語と人捜しの一石二鳥ってわけさ」

「ホント、芸は身を助くね。それにしても遅いわね源ちゃん」

その日、典子と八祥は店の奥のテーブルでグエンの席を空けて待っていた。これからのことを打ち合わせる予定にしていたのだ。約束の時間を過ぎても仲々姿を現さないグエンを心配し始めた時、引き戸が力なく開いた。のろのろとグエンは歩き、腰から落ちるように座った。

「どうしたの源ちゃん、何かあったの？」

「さっきお母さんからメールが来て、返事を送ってて遅くなりました、ごめんなさい」

「そんなことはいいのよ。それより何があったの？」

母親のメールによると、入院中の父親の命はあと二カ月から三カ月ぐらいだという。急変することもあり得るので、何とか見つけて間に合わせてもらいたい。父親はホアに切実に会いたがっている。詫びたいと言っている……。

八祥が口を開いた。

「詫びたい？　一体何にだろう」

「離婚して長く会えなかったことじゃない？」

典子は考えてそう口にした。

「そうかなあ。死を前にしての詫びの思いだよ」

グエンもうなずく。

「ボクもハッショウさんと同じです。ちょっとおかしいと思ってそうメールを返したけど、まだ返信はないです」

八祥はグエンに向き直り、いずれにしても急ぐ必要があるねと言った。

「とりあえず仙台を当たってみるけど、それより北の、例えば北海道とかにいる可能性は薄いと思う。お姉さんは暖かい国の育ちだから北国を転々とするのはつらいと思うんだ」

「ボクもそう思います。日本とても寒い」

「そうだよね。だから関東にとどまってくれるといいんだけど、名古屋、大阪、ましてや四国や九州となるとお手上げなんだ」

そして八祥はグエンに警察の内情を話した。

「お姉さんが明らかな犯罪者なら警察も動けるんだ。あるいは身の上に深刻な危機が迫ってるとかね。ところがまだ、被害者はゼロなんだ。客は被害者だと訴えてるけど単に贈り物をしただけだからね。望みがあるとしたら、郷愁かな」

「きょうしゅう？」

「故郷を、懐かしくいとおしく思う気持ちと言ったらいいかな。お姉さんは強い人だと思うけど、限界はあるよ。つい故郷を想ってアオザイでも着て店に出てくれるといいんだがね」

「ああ、お姉さんはアオザイ似合うよ。アオザイ着た時だけベトナム人に見えるね」

「それと食べ物かな」

八祥は、すでに二度訪れた高座渋谷の店に姿を現す可能性は低いだろうと言った。一方で西へ行かれたらお手上げと言いつつも、大阪の八尾という土地の名をあげ、ここには古くからベトナム人が根を下ろしていて、仙台に脈がなければ近々訪ねてみるとグエンに伝えた。

「前向きに行こう。望みはあるよ。お姉さんは絶対どこかのベトナムの同胞とつながっているはず。お姉さんは鉄人じゃない。いくら強くても一人じゃ生きていけないものだからさ。さ、景気づけにビールでも飲もう」

「飲みましょ」

「飲みます」

数日後、グエンは魚定とともに八祥亭へやってきた。典子、八祥に加え、この日はテーブル席にしのの姿もある。魚定がしのにも話を聞いてもらいたいと頼み込んだのだ。グエンはガックリと肩を落とし、魚定もどこから切り出したものか、普段は饒舌(じょうぜつ)な男が考えあぐねている。

「何てぇか、こいつの姉さんは大した女です。それにしても気の毒だが」

そこで黙ったものだから、しのは焦(じ)れた。

「それだけじゃ分からないよ。どういうこったい？」

背中を押されるように、魚定は喋り始めた。

「こいつに高座渋谷に行くことを勧めたのは私です。ベトナムと言えば高座渋谷と聞いたもんだから。それはよかった。よかったが実は女店主にしてやられたんだ」

してやられた？

「団地内の食堂でグエンは姉さんの情報を仕入れたわけですが、その女主人と姉さんはグルだったんだ。いや、強いつながりがあったというか。姉さんは日本へ来て最初にその人を訪ねてることがわかったんだ」

高座渋谷で鮮魚店を営む同業者の取引先のひとつが女主人の店だったという。その鮮魚店が、女主人からホアのことを聞いていた。

典子も八祥ももちろんしのも驚いたが、当のグエンはガックリ落とした首を上げない。

「そいつが聞いていた話では、女主人とグエンの姉さんはベトナムにいた頃からのメル友とかで……」

「何だいそりゃ」

典子が説明した。電子メールを送り合う友達。

「ふうーん、それで……」

女主人はホアから日本へ行くと聞いた時、一切の事情を聞かずに自分のところへ来ればいい、日本のことは何でも教えるからと言ったという。ホアはその言葉を頼りに、身ひとつで成田空港から直接高座渋谷を訪ねてきた。しかしとりあえずお金がなければアパートにも入れない。女主人はホアの美貌に目を付け、手っ取り早いのは水商売だと勧めた。ホアも覚悟はできていて、体を売る以外のことは何でもやりますとキッパリ言ったという。

「横浜のアパートを探したのは女主人で、敷金と礼金も立て替えたそうだ。面接に行ったのは姉さんだけど、待遇のいいキャバクラを紹介したのも女主人だったそうだ」

八祥は調査が甘かったことを恥じた。そして一同はベトナム人女主人の面倒見と気風のよさを思った。

「その敷金礼金を横浜にいた三ヵ月で完済したってんだから、よっぽど切り詰めたんだろう」

魚定は感に堪えない様子で言った。八祥には客からの貢ぎ物、という言葉が浮かんだが、グッと飲み込んだ。

「以降、姉さんの旅が始まるわけだけど、団地には定期的に顔出しをしていたらしい。ベトナム語を思いっ切り喋ってストレス発散だ。情報収集もできるし、何よりの目的は料理だったろう。故郷の味が一番口に合うからね」

一同はそうだろう、そういうものだろうと魚定の話を頷いて聞いた。

「グエンが捜しにきたので女主人がメールをしようと思ってたところへ、姉さんがヒョイと現れたそうだ。そしてこいつが書いたメモが手渡された。それで姉さんが高座の付かない渋谷へやって来たというわけさ」

一同がギョッとなった。えっ、来たの。会ったの。会えたの。と口々に言った。

「こっから先は源に説明させる」

そう魚定は言い、無言でグエンを促した。

それは昨日の夕方から夜にかけてのことです、とグエンは始めた。

「仕事が終わって、店から十分ほどの所にあるアパートに帰ってきました。鍵を開けようとしたら、後ろに、あのなんて言うの、そう、人の気配を感じました。気配と気配り、同じ字ね」

「そうだ、その調子だ」

　と魚定が励ました。

「姉さんが立っていました。ボクはビックリしました。会いたい会いたいと思っていたのにビックリしたのです。姉さんは部屋に入っていいかと言いました。そこから長い話になったのです――」

　グエンはそれ以上話を続けることができなかった。悪い予感に皆が息を呑んでいる。しばらくして、魚定がそんなグエンの顔を見ながら絞り出すように言った。

「源の姉さんは実の父親にいたずらされていたんだそうだ」

　八祥亭の奥のテーブル席は静まり返った。そして固唾(かたず)を飲んで魚定の口元を見つめた。

「それは七、八歳の頃に始まったそうだ」

ホアは最初、それを父親の愛情表現だと思っていた。九歳になった時、父親の目的が何であるかをハッキリと理解した。

しかし大好きな父親であるが故に拒めなかった。一線を越えようという時、母親が現場を押さえ、凄まじい夫婦喧嘩に発展した。次にそんなことをしたら殺すとまで母親は言った。

以来、父親のその行為は止んだが、ホアは心に大きな傷を負った。父親と口をきくのもそばにいるのも嫌だったが家を出るにはまだ幼く、しかしホアはいずれ出るべく準備を始めていたという。

突然グエンが嗚咽をもらした。

「ボクが悪いんです。姉さんと一緒の部屋に寝てたのに隣で何が起きてるかわからなかったなんて、ボクはボクはバカです」

「あんたは悪くない」

しのがピシリと言った。

「子どもなんてのは疲れて眠りこけてるもんだよ。起こしたって起きないのが子どもってもんだ。源ちゃん、自分を責めちゃいけないよ」

グエンは泣き続けた。魚定がグエンの肩を叩きつつ続けた。

「父親と一緒にいたくないのと、家を出るために、姉さんはアルバイトを始めたそうだ」

　やがて両親は離婚に至り父親は家を出たが、ホアは生まれ育ったダナンにいることが苦痛になった。いつ父親と会うかもしれないからだ。遠く離れた場所に行きたい。そんな時、ホアの頭に日本が浮かんだ。これまでも日本には好感を持っていた。日本はこの国に色々してくれている。このダナンにも立派な橋がかかり、トンネルもできた。テレビには日本のアニメが映っている。

　十五歳の時、ホアはアルバイトで貯めたお金を握りしめ、ダナンに支店を持つ日本商社を訪ねた。受付で意を決し、誰か日本語を教えてくださいと言った。必死だった。受付のベトナム人女性はホアの申し入れに目を丸くしたが、折よくそこに日本人の女性社員が通りかかった。女性社員は時間をかけて受付女性の話を聞き、ホアに笑いかけてこう言った。いいわ、私が教えてあげると。

「その代わりあなた、ベトナム語を教えて。私まだダナンに来て間もないの。火曜と木曜は残業がないから五時半にこの受付に来てちょうだい。すぐそこの寮で勉強しましょ」

受付女性の通訳の甲斐もあり、そんな話がまとまった。ホアはせめてもと握りしめたカネを差し出したが、女性社員は私も教わるのだからそのおカネは教材に使いなさいと言った。ホアに希望の灯がともった瞬間だった。

「最初はトンチンカンだったらしいよ。そりゃそうだ、互いに相手の言語がよくわからねえんだから。辞書を頼りに身振り手振りだ。いくらか通じるようになると、そっからは早かったってさ」

ホアは図書館にせっせと通い、日本のことだけでなくベトナムの歴史も調べた。祖国ベトナムが幾多の戦争を乗り越えて成立していることを知った。女性社員はベトナムがフランスの植民地だったことは知っていたが、ベトナム戦争についてはよく知らなかった。ホアが学んだ範囲で説明し、日本とのつながりでベ平連を持ち出すと目を輝かせ、それ聞いたことがあると言った。女性社員の名は川上晴子と言い、彼女の提案で互いをホア、ハルと呼び合うことになった。ハルは大学卒業後商社に入り、前任地はフィリピンだった。得意の英語が生き、現地でタガログ語を学んだという。語学が趣味で、ベトナム語を学びながらスペイン語にまで手を広げていた。

ハルの授業は容赦なかった。発音、イントネーションをことごとく直された。ホアも負けずに応え、授業は時に火花が散った。互いが本気だった。今日はオール日本語、次はオールベトナム語ということもやった。しかしホアはハルがいつでも日本語を優先させてくれていることに気がついた。こうしてホアとハルの日本語とベトナム語はぐんぐん上達していった。

　ある日ハルが、ねえホア、あなた日本語が習いたいというより日本人になりたがってない？　と聞いた。ポカンとすると、いや風貌が日本人っぽいからそう思えたのかなと笑った。ホアはその時初めてそれもありかなと思ったという。いずれ日本へ行き、そこでベトナム人としてでなく日本人として生きる。ホアはそれまで何人もの人からベトナム人らしくない風貌を指摘されていた。

　ある日、ハルがホアに日本から持参した着物を着せてみた。そして日本食レストランに行き、日本語で料理を注文するよう命じた。ホアは緊張しつつ松竹梅の竹のコースを注文してみた。日本人の従業員は特に訝（いぶか）しがることはなかった。ハルはホアの判断を褒め、今度来る時には単品料理も頼めるようにと指導した。加えて椀（わん）の持ち方や箸の使い方、そして箸を持つ右手で絶対椀を持たないなど厳しく教えた。

ハルとの別れは突然やってきた。ハルがロンドンへ転勤になったのだ。

「あなたは本当に優秀な生徒だった。若いって素晴らしいわ。飲み込みの早さにはホント驚いた。あとは実践あるのみ、日本人と見たらバンバン話しかけなさい」

ホアは何とか日本までの渡航費用を捻出するためアルバイトに明け暮れたが、日本語の勉強も怠らなかった。日本の情報を検索する中で、ホアは日本に暮らすベトナム人の知己を得、メル友となった。そしてホアは成田空港からその人が営むベトナム料理の店を目指したのだった。


ずっと黙って話を聞いていたしのが口を開いた。

「わかった。色々と事情はわかった。だけど一つだけわからないことがあるんだよ。何だって姉さんは男にたくさん貢がせたんだい」

グエンの顔が歪(ゆが)んだ。

「ボクもそれ不思議だったね。キャバ嬢というのは普通に勤めれば給料悪くないと聞くし、それ姉さんにしつこく質問したよ。姉さんは長く泣いた後で言ったね。男の人への復讐(ふくしゅう)だと」

「復讐?」

図らずも声が揃った。

「姉さんはお父さんによって心が傷つきました。トラウマって言うの？　最初はお父さんだけを憎んでましたが、だんだん男の人全部が憎くなりました」

さらにホアは日本で暮らし、高座渋谷のメル友と密に連絡を取る中で、同胞であるベトナム人技能実習生の実態に突き当たった。

「彼らは大きな借金をして日本にやってきます。ブローカー、悪いヤツね。でも夢があります。借金などすぐ返し、習得した技術を持ち帰り、ベトナムに貢献し、いい暮らしをするんだと。だけど現実はまるで違う。姉さんはそこに気がついたね」

給料が不当に低いこと。寮の個室に入れるはずが狭いアパートに何人も詰め込まれ、しかも高い家賃を取られること。苦情を言うと嫌ならベトナムへ帰れと言われる。経営者は借金で逃げられないのを承知でキツい労働を強いる……。

「帰れない、逃げられない。これ地獄よ。みんな心身に傷を負うね。自殺する人がいて、何で死んだかわからない人もいる。姉さんはそういう事実を知り、今度は日本が憎くなったね。日本の経営者、そう搾取する人が憎いと。憧れてただけにガッカリよ。でキャバクラに来る日本の社長さんに復讐しようとしたね」

ホアの心の動きにそれぞれが思いを馳せた時、突然グエンが慌てた。

「違うね。うちのオヤジさんはよくしてくれるよ。搾取しないね。十分な給料いただいて、アパートの家賃払ってもらって、ボク払うのは光熱費と携帯料金だけね。こんないい人いないいね」

「それが普通だよ」

魚定がそう言い、座が和んだ。グエンはだいぶ元気を取り戻した。

「それで姉さんはキャバクラの金回りのいい客から巻き上げたわけだけど」

そう言って、グエンはまた慌てた。

「いや違う、姉さんはキャッシュもらってないよ。カネくれとも言ってないよ。バッグが欲しい、宝石が欲しいと言うだけよ。姉さんは男が勝手にくれたそれをカネに換えただけよ。何て言うの、NPO？ ベトナム人のためにそこにずいぶん寄付もしてるよ。それでも追いつかないからまた社長さんをカモに」

グエンのホア擁護を一同はほほえましく聞いた。そしてグエンは少しあらたまって言った。

「姉さんが一つだけカネに換えなかったものがあるよ。パール、真珠ね。見せてもらったけど、この親指の爪ぐらいあったね。姉さんは言ったよ。いつかこの真珠が似合う女性になりたいと。姉さんは日本にいる間にほとんど日本人になったね」

気丈なしのが、珍しく涙ぐんだ。

「ほとんどじゃないよ。日本人そのものの了見じゃないか。いい心懸けの娘さんだねえ」

魚定が身を乗り出した。

「で、源と姉さんの今後の身の振り方だが。おい源、しっかり最後まで喋れ。オレはもう飲みたくってしょうがねえんだ」

グエンが一同に目を移しながら言った。

「明後日姉さんと二人でとりあえずベトナムに帰ります。姉さんもまだ完全に吹っ切れたわけではないけど、お父さんが死にそうなんです。ようやく会う決心がついたと言いました。とにかくお父さんのいわまの際ですから」

「バカ、それを言うならイマワのキワだ」

魚定に突っ込まれ、グエンは、ああそれ。日本語は難しいねと笑った。

で、それからどうするの？　典子と八祥が同じことを言った。

「ボクたちがお父さんが生きてるうちに間に合えばいいのですが、それは分かりません。とにかく一ヵ月はダナンにいるつもりです。そうしたらボクは報告に戻ってきます」

一カ月後、グエンの姿は魚定の奥の居間にあった。

「オヤジさん、オカミさん、長い休暇をありがとうございました。それから日本では香典と言うのですか、おカネもありがとうございます。お陰で父をたくさんの花で飾ってあげることができました」

魚定はいいってことよと言い、おまえ、口上が上手くなったなと続けた。

「色々世話になった人もいるから、それを夜、八祥亭で言いな。さ、それより仕込みだ」

そう声をかけると、つけ加えた。

「一カ月包丁握ってねえと、腕も落ちてるだろ」

「そんなことないよオヤジさん、何と言うの、あの腕が鳴るってやつ。あ、オヤジさん、いい鮪仕入れましたね」

「ほう、目利きはまだ確かだな」

その夜の八祥亭は常連で賑(にぎ)わっていた。モリちゃんこと森山、古い常連のクボちゃん夫妻もカウンターのいつもの席に座っている。魚定がグエンとともに姿を見せた時、クボちゃんがつい拍手をし、奥さんに頭をペチンとやられた。

「ごめん、お父さんが亡くなったんだよね。でもよく渋谷に戻ってくれたと嬉しさが先に立っちゃってさ」

いいんです、気にしないでとグエンは言った。

「とても安らかに眠るように逝きましたからいいんです」

「で、きれいなお姉さんがいると聞いたけど、一緒じゃないの？」

また余計なことをと、クボちゃんの奥さんが手を上げかけたが、遮ったのは魚定だった。

「それなんだ。オレも是非会いたいと思ってたんだが、写真を見せられただけでとうとう会えず終いだ。合わせる顔がないってんだけど、せめて一度は会いたかったよなあ」

常連の間に笑いが起こる中、魚定とグエンは奥のテーブル席に向かった。カウンターの常連にちょっとごめんねと言い、典子もテーブルへ。しの、典子、八祥、それに魚定とグエンの五人である。

「姉さんのことでは本当にお世話になりました。ハッショウさん、色々調べてくれてありがとうございます。そしてハッショウさんを紹介してくれたノリコさんにも感謝しています」

頭を深く下げたグエンは、二人に小さな包みを渡した。ベトナムコーヒーだった。あら、私にはないのかい？　としのが言い、グエンは典子さんに分けてもらってくださいと応じた。

いいから座んなよと言うとしのに、いやお願いごとですからこのまま喋らせてくださいとグエンは言い、意外なことを口にした。

ホアはこれから一年かけてダナンに店を探すという。日本食レストランを開くためだ。ホアは得意の日本語を生かし、経営者としてマネジメント、フロアを担当し、母親も店を手伝うという。

「一年後、ボクはその店の板長になります」

一同からオオという声が上がったが、グエンはそれを制するように言った。

「でもボクができるのは刺身だけ。これだけは自信があるのだけど、煮物や焼き物がまったくできません。そこでノリコさんにお願いです。これからそれをボクに教えてください」

魚定がグエンとともに頭を下げた。

「オレからもお願いします。料理勘のいいヤツですから教え甲斐があると思います。

店を少し早く上がらせますんで、この通り一年間だけお願いします」

　典子の反応よりしのの方が早かった。

「典子、教えておやり。こういう話を無下にしたら女が廃るってもんだ。源ちゃん、遠慮はいらない。男が廃るでしょ。典子から何でも教わんな」

　典子はしのにそう言い、グエンに向かっては、ビシビシ鍛えるからそのつもりでねと、言葉とは裏腹の笑顔を向けた。

　グエンがまだ座らない。もじもじしている。

「あの、もう一つお願いがあるのですが……」

「何だい、何でもお言い」

　しのが焦れったそうに言った。

「姉さんにこの店と店のお客さんに世話になったと話しました。姉さんも大変感謝しまして……」

「だから何なのさ」

　しのがとうとうシビレを切らした。

「姉さんが言うには、図々しい？　厚かましい？　お願いで……」

「同じ意味だよ」

「その、ベトナムの店にこの店の名前を使わせてもらえないかと」

「何だって？」

「しのさん、やっぱり図々しいですか」

「図々しいことなんかあるもんか。みんな聞いたかい？　ベトナムに八祥亭の支店ができるんだってさ」

「あのしのさん、それオッケーという」

「あたりまえさ。いやめでたいねえ。さあみんなこっちへ集まりな。祝盃（しゅくはい）を上げようじゃないか。典子、私にシヤを一杯頼むよ」

　クボちゃん夫妻とモリちゃんがおめでとうと言いながらやってきた。おめでとうでいいんだよねとクボちゃんは確認しながら。

　クボちゃんはグエンを質問攻めにした。ベトナムの葬儀の模様に始まり、名物や食べ物について訊き、すっかり酔いが回ってこんなことを言い出した。

「ねえ源ちゃん、どんな規模の店にするの？　ほら、姉さん、ずいぶんカネを持ってるって言うじゃない。キャバクラで男から巻き上げたカネさ」

　グエンが真顔でクボちゃんに向き直ったので、一同に緊張が走った。グエンは冷静にこう言った。

「クボさん、あなた間違ってます。姉さんは巻き上げたのではありません。あのおカネは、日本からベトナムへのODAだと思っています」

テーブル席に静寂が訪れ、次いでドカンと笑いが起こった。

翌る日から八祥亭の厨房に、くるくるよく動く白衣のグエンの姿があった。

第三話　危うし中華共楽

典子が暖簾を取り込もうと引き戸に手をかけた時、こちらを覗き込む顔があった。

「あらお久しぶり、林さん」

「ちょっといいですかね」

典子はどうぞどうぞと林と呼ばれた初老の男性を迎え入れ、珍しい方よとしのを見る。奥のテーブル席から林の姿を認めたしのは、腰を浮かせた。

「ホント珍しい。さ、こっちこっち。私の向かいに座んなさいよ。典子、コップ一つ。シヤでいいだろ。もう賄いしかないけどさ」

「ご無沙汰いたしました。近くでちょっとした事件がありまして。いやそれは落着したんですが前を通りかかったら俄かに懐かしくって、いやわがままで申し訳ない」

林がしのに頭を下げた。

「時々典子と噂してたのさ。どうしているだろうって。かえって敷居を高くしちゃったんじゃないかってさ」

「さ、あたしもご相伴」

典子も座り、林と自分のコップに一升瓶から酒を注いだ。

「お二人ともお元気そうで何よりです。お店も変わりませんね」

八祥が警視庁の上司の林を誘い、店に来るようになったのは五年ほど前だ。その後も林が一人で来ることはなく、いつも二人一緒だった。世辞もあるだろうが、林は部下自慢で、高倉くんは有能な警察官ですと何度も言っていた。

当時、八祥はある大掛かりな地面師事件を追っていた。事件の黒幕を逮捕する寸前に、警視庁の上層部から圧力がかかった。その結果、捜査の指揮をとっていた八祥は庁内で冷や飯食いとなった。しかし八祥はめげることなく、窓際生活をそれなりに楽しみ、空いた時間を使って落語を中心に生きる人生へとシフトを切ったのだ。

クビ寸前の進退をめぐる処分の際に、八祥を守るべく動いてくれたのが林だということだけは、しのも典子も感謝しているのだった。そんな林が久しぶりに、店に来てくれたのは嬉しい。

「それにしても八祥は離婚してから人間に幅が出たね」

不意にしのがそう言ったので、林も典子もお酒を吹きそうになった。

久しぶりに会った林の会話のとば口に、そんなことを持ち出すのはいかにもしのらしい。典子はおおよそのことは八祥から聞かされ知っていた。今年小学校に入学した男の子がいて、その子とは定期的に会っているらしいと。

「しのさんがそう言ってくれるとありがたいです。私は仲人でしたし、責任も感じていたんです。でも彼は、事件がいいきっかけだったので気にしないでくださいと逆に慰めてくれましてね」

八祥と妻は警察とは無縁のパーティーで知り合ったのだが、つきあううちに大物検事の娘であると分かった。そして彼女が八祥のことをキャリアの警察官だと知って接近してきたということも、つきあううちに察するところとなった。しかし一人の女性として彼女に惹かれていたことは間違いがなかったので、ごく自然に結婚し、子どもにも恵まれ、順調だった。あの事件が起こるまでは。

地面師事件逮捕の時に圧力をかけたのは、妻の遠縁に当たる警察高官だった。親しい大物政治家の、出来の悪い息子が組織の末端に関わっていたからだ。八祥は事件の収束要請に抵抗し、それが問題視された。妻は上昇志向が強く、出世が止まった八祥に興味を失った。豹変した妻に、八祥は驚いたものの納得し、息子と月に一度会うこと以外は何の条件もつけずに離婚を承諾したのだった。

八祥を肴にしばし話が弾んだ。いつもの常連も姿を見せない、静かな宵だった。

ふと思いついたようにしのが言った。

「林さん、マゴ茶食べてきな。典子頼むよ。あたしのは御飯半分でいい」

典子がカウンターに向かったあと、しのは一つ聞かせてちょうだいと林に言った。典子はちゃんと聞き耳を立てている。

「ずっと聞こうと思っていたんだけど、あの事件の時に、八祥をクビにしようとしたヤツは偉いのかい」

少し躊躇ったが、林は答えた。

「警察の中ではかなりの上層部になります。警視クラスではとても逆らえない、そんな雲の上の存在です。あの時私も彼を守ろうとしたのですが、力及ばずで、わたしもポストを外されました」

「林さん、あんたのお陰だよ、八祥がクビにならなかったのは。だけどその男、ヤなヤローだねぇ」

「しのさん、官僚というものはおおかた出世をしたがる本能を持っているものなんです。地位を得て初めて思う存分采配が振るえるわけですから。彼は以前からそうでしたが、あの事件以後は政治家に色気十分となりました。近々国政選挙に打って出るという話もあります」

「じゃあそいつはいずれ警視庁からいなくなるのかい」

「出馬するなら、近いうちだと思います。そうなると風通しも……いけない、喋り過ぎました」

林は苦笑してコップを干した。

タイミングをはかったように、「お待ちどおさま」と言いながら典子がマゴ茶を運んで来た。八祥が現場に戻るのも遠い日のことではないかもしれない。

「ご馳走さまでした。いやいい晩でした。典子さん、高倉くんは今でも来ますか?」

答えたのはしのだった。

「週末の地方ボランティア高座以外は毎晩さ。顔を出さなきゃ私が承知しないからね。LINEだって送っちゃうよ」

「おばあちゃん、恋人じゃないんだから」

典子が呆れる。

「そのLINEとやらで結構です。最近Sが姿を見せていない。何か企んでるのではないかと、それだけ伝えてください」

「何だいそのSってのは」

「イニシャルです。彼にはそれで分かります。さして重要なことでもないので、忘れてしまってもかまいません」

それからひと月ほどが経ったある晩。閉店間際の客もまばらな時間に『中華共楽』の武さんがやってきた。町内にある昔からの町中華の店で、開店当時から変わらぬ味と昭和レトロな古びた内装が今では珍しいとあって、老若男女問わず繁盛している。

「あれ、しのさんは休み？」

「もう来る頃よ。カウンターにする？　それとも奥がいい？」

「ちょっと話があるんで奥がいいかな。ビールと、肴は任せるよ」

いつも、共楽さん、もしくは武さんと呼んでいるが、さて名字は何と言ったか。しのとは戦後以来の長いつきあいと聞いている。八十歳をいくつか出ているはずだが、しの同様、矍鑠としている。この世代はどうしてこう元気なんだろう、といつも典子は思う。

「青柳のぬたとは嬉しいねぇ。ノリちゃん覚えててくれたんだ」

つまみを持っていくと、共楽が相好を崩した。しのさんが来たらヒヤに代えるからと言ったところへ、しのがやって来た。

「店はどしたい？　働き者のあんたがこの時間から飲むなんて珍しいじゃないか」

「しのさんと昔話がしたくってさ、早終いしたんだよ」

「まああんたとは戦友みたいなもんだからね」

　三つのコップにヒヤが満たされ、典子も加わった。洗いものをと思ったが、しのが、タケちゃんの話を聞いとくといいよと言ったからだ。

「典子、このタケちゃんはね、そりゃあよく働く子だったんだよ」

「いやしのさんにはかなわない。とにかくしのさんは身を粉にして働いて、終いには寄席まで経営した立志伝中の人だからね」

「つまんない世辞言うんじゃないよ。誰もが戦後間もなくは否応(いやおう)なく働いたもんさ。食うのに必死だったからね」

「しのさんは確か深川から」

「そう、あの下町大空襲ってヤツにやられてさ、お父(と)っつぁんとやって来たんだ」

　しのもタケちゃんも遠い目をした。

焼夷弾（しょういだん）で住居は灰になり、母と兄まで失った。悲しんでる暇はない。食わねばならなかった。渋谷に移り、裸一貫から成功した父親が寄席経営に乗り出した頃、しのは寄席のすぐ近くにバラック同然の中華屋が軒を連ねているのを知った。

　みすぼらしいが、小さな中華街のようだった。材料さえ入手できれば客はいくらでも来た。世の中が少し落ち着いた頃に、中華屋の客は寄席の客にもなった。

「私が呼び込みをやっている頃、初めて武ちゃんを見たんだ。うちの寄席があった斜（はす）向（む）かいの共楽に、弟子入りしてきたんだよね」

「もう腹が減って死にそうで、何か食わしてください、働きますからと頼み込んだんだ」

「それが始まりで終いにゃ共楽という看板まで継がしてもらうんだから見込まれたんだね」

「陳（ちん）のオヤジとお母さんは命の恩人さ。戦前に大陸からやって来て苦労しただけのことはある。天涯孤独の子どもに優しくしてくれてね。いま思えば様々な差別も受けたろうに、いつもニコニコしてて、だから尽くしたね。働いたな」

「あんたまだ小学生だったろ。上野あたりの生まれなんだよね」

「両親、妹ほか家族みんな空襲で死んじゃって、たった一軒の親戚も冷たくてさ

「……」

親戚の家を逃げ出した佐藤武は上野駅の地下道に住みついた。たくさんの戦争孤児は、浮浪児と蔑まれ、汚いと忌み嫌われた。

「みんな食うや食わずだったのは分かるけど、そんな邪険にしなくてもとは思ったね。渡る世間に鬼はなしってえけどありゃウソで、テレビで『渡る世間は鬼ばかり』ってのが始まった時に、あのタイトルこそ本当だと思ったよ」

バラックの店に食い物をもらいに行くと、くれるどころか殴られることがあった。となれば生きるために盗むしかない。今度は警官に追われる。ニコニコ近づく人がまた危ない。施設に入れようとする人だ。同じような年頃の子どもと組み、何とか凌いできたが、限界だった。捕まるか施設に入るかに追い込まれた時、武は地下鉄銀座線に飛び乗った。終点が渋谷だった。

「最初オレ、しのさんのお店の看板が読めなくてさ。しのさんのお父っつぁんに聞いたよ。はっしょうてい、って読むって教えてくれた。無口でおっかない人だったけどね。本当は優しいんだ。八は忠犬ハチ公のはち、祥は吉祥寺の祥、井の頭線の終点だってね」

「共楽にはアメリカさんもよく来てたねえ」

「そう、ろくに習ってもいねえのに、オレが箸の持ち方を教えたりしてさ」

「そうだタケちゃん、あんた安藤昇(のぼる)からチップもらったことがあったね」

「うん、もらった。小僧、いい動きしてる、気が利くなと言われてね」

「安藤昇って？」

典子が首を傾(かし)げた。しのはあきれた様子で答える。

「この辺を仕切ってた安藤組の親分だよ。でもね、ヤクザヤクザしてなくて背広をパリッと着てさ、おまけに男前でそりゃ頼りになったもんさ」

「頼り？」

「まだあの頃は警察がちゃんと組織化されてなくてね、中国人、朝鮮人、そこへ復員兵や日本人がからみ、チンピラやゴロツキがうようよいて揉(も)め事はしょっちゅうで、そこへ安藤組がパッと来てサッとまとめちゃうわけ。見事だったねぇ」

「でね典ちゃん、その安藤の親分さんが共楽を贔屓にしてくれたんだ。目当ては陳さん考案の焦がしネギ入りの中華そばでね、その店でチビのオレがマメマメしく働いてるのを見て、着るもんでも買いなとカネをくれたんだ。鰐革(わにがわ)のベルトを買ったよ」

「鰐革かあ。時代だねぇ」

「高級だったんだ。少しでも大人に見られたくて。そのあと三十年以上使ったなあ」

　さてと、しのが言った。

「で、話って何だい？　何かの相談かい？　昔話が目的じゃないだろ？」

「いや、相談てことじゃなく、報告かな」

「いよいよ店を閉めるのかい？」

「まあ、潮時かなと思ってね」

　しのにも戦後色々とあった。しのが結婚したのは仕立て屋の腕のいい職人だった。長男が生まれたあと父親が亡くなり、孫の姿を見せられたことが慰めだったが、今度は仕立て屋の夫が慣れない寄席経営に過労が加わり、あっけなく死んでしまった。

　しのは近所の女将さん連中の手を借りながら、幼子を抱えた身で寄席の経営に奮闘努力した。才覚があったしのの采配で寄席は繁盛した。

　長男は出来がよく、国立大学を出たあと、商社に入社。結婚をした時は店を継いでくれるかとしのは思ったが、子どもができたあと、あっさり離婚して海外赴任となった。あまり体の強くなかった元妻は離婚後しばらくして亡くなる。二人の一粒種の典子をしのは引き取り、育てたのだった。

「ごめんよタケちゃん、柄にもなく物思いに耽(ふけ)っちまったよ。戦後からこっちタケちゃんも大変だったろう」

「いや一度も大変だと思ったことはないよ。働くのが楽しくてたまらなかった。とにかく命拾いしたんだから、何もかもが嬉しくてさ」

高度経済成長の頃、区画整理にかかって共楽が立ち退(の)きにあった時、かなりの蓄えを得た陳夫妻は店を閉め大陸に戻ることにした。

給料をもらえるだけでありがたかったのに、陳は武にかなりの額の退職金をくれた。陳の妻も内緒だよと言い、少なくない額をくれた。積み立てていたカネにそれらを加え、武は百軒店の外れにカウンターだけの小さな店を始めた。名前は共楽。屋号をも譲ってもらったのだ。

若くても店は小さくても一国一城の主(あるじ)だった。これも陳譲りの、焦がしネギの載った中華そばがたちまち当たった。御飯物と酒を置かず、麺一本に絞った。もう一つのメニューは自信の湯麺(タンメン)だったが、客の八割が中華そばを注文した。武はますます陳に感謝した。

開店早々から常連になった客が、ある日、あなたぐらい働く人はいない、ぜひ娘をもらってくれと言った。そう言えばその客と一緒に店を訪れた娘を何度か見た覚えがある。武は知らなかったが、何度かの来店は密かな見合いみたいなものだったのだ。

二人は間もなく小さな結婚披露宴を催したが、ほとんどが新婦側の客で、武の客はわずかだったが、しのの出席が心丈夫だった。

妻の名は房子と言った。ふたりは身を粉にして働き、店は繁盛した。結婚から数年後、武は近くにテーブル八席、カウンター七席のひと回り大きな店舗を居抜きで買った。上に住まいが付いていて遅くまで営業できるのが嬉しかった。メニューも増やし、ランチタイムにはサラリーマンを中心に行列が出来た。

忙しくなると武は無口になるが、妻の房子は明るい気質で、客をてきぱきと捌いた。客の誰もがいいコンビだと認めて、房子めあてで来る客も少なくなかった。

「タケちゃん、それ夫唱婦随ってんだよ」

「いや逆だね、オレんとこは婦唱夫随だ。オレは作るだけで、表方はみいんなカアちゃんがやってくれてたんだ。半世紀近くさ」

「何年になるかね？」

「四年、そろそろ五年になるよ。カアちゃん死んでから。あん時に閉めてもよかったんだ。でもなあ、オレ趣味も何にもねえだろ。独りでいると後を追っちゃう気がしてね。子どもや孫がいりゃまた別なんだけどね、授からなかったから」

「それは言っても詮ないことさ」

「それでも、客が待っててくれるから、老骨に鞭打ってやってるよ」

「そう言えば、なんか前から若い衆が手伝ってるって話じゃないか」

「うん、いい腕しててね、助かってるんだ」

　武は笑顔を浮かべた。


　房子の喪が明けると、待ちかねていた客が、連日ドッとなだれ込んだ。武は、客の笑顔を頼りに生きてきたことをあらためて思った。「旨かった」「おいしい」「また来るよ」との言葉を支えに今までやってきたのだと。そして房子の献身を思い知った。

「一人で朝から夜まで働き詰めのじじいを見かねたのか、常連だった若い奴が、店を手伝うと言い出してくれてよ。聞くと学生時代に親戚のラーメン屋を手伝ったこともあるって言うし、鍋を振らしてみたら、結構仕事ができるんだ」

「いまどき飲食の仕事なんて嫌がる若者ばかりと聞くけど、そりゃよかったね」

溝口（みぞぐち）というその青年には何より体力があった。湯切りの勢いったらない。最初彼には湯麺を任せたが、武の仕事が客の入りに追いつかなくなり、中華そばを手伝ってもらうとたちまち仕事が逆転し、今や彼が中華そば、武が湯麺の係となっている。

「オレはね、遣い道がないからカネはあるんだ。最初はね店をさ、小さいマンションに建て替えて一階を店にして、あいつに任そうと思ったんだ。思ったんだけどね、しのさん。オレ、マンションにしたとしてあと何年住めるだろうかとも思ったんだ。でまあ、やっぱりそろそろ潮時だろうと思い切ったわけよ」

武は晴れ晴れした顔を見せた。

「なら、どうすんだい？」

「施設に入ろうと思うんだ」

「ああ、身寄りがないんじゃその手もあるね」

「どっちみちあいつに店をやってもらうのは無理だったしね」

「どういうこったい？」

店を譲ってもいいと彼に伝えた時、彼はこう言ったという。

「僕も早くお伝えするべきでした。近いうちに海外で起業する計画があり、共楽で働くのはその資金作りのためだったんです。いつそれを言い出そうかと思っていたんですが……」

しのはため息をついた。

「じゃあ二人とも辞め時に悩んでたってわけかい」

「そうなんだよ、笑えるだろ。気の使いっこをしてたんだ。しばし二人で笑い合ってさ、奴が言うんだよ、海外へ行くまで少し時間があるから施設を私が探しますって。恩返しだっていうんだ。嬉しいじゃないか」

青年はその方面に滅法明るいらしく、武の住まいへ数々のパンフレットを運んできては世話を焼いてくれていたらしい。

「施設と言ってもピンキリなんだよね。オレはほら、あの世に持って行けるわけじゃなし、カネに糸目はつけないって言ってやったんだ。パンフレットを見ると、ずいぶん豪勢なのがあるんだ、安くないけどさ。でも惜しくないよ。おかげさまで店の方も奴の力で高く売れそうだし」

「じゃあ店はもう畳むんだ。移るとこは決まっているのかい」

「ああ。すべておんぶにだっこで任せてあるんだ。伊豆(いず)の方に温泉も付いたいいところがあるってさ。もう契約もほとんど終わったそうだし、荷物はだいたいまとめてあるし、いつでもオーケー。あとは奴が迎えに来るのを待つだけさ」

「ずいぶん手際がいいね……。そう、タケちゃんともうすぐお別れなのか。あの焦がしネギの味を惜しむ人もたくさん出るだろうよ。施設の住所だけは典子に言っといておくれよ。気が向いたら訪ねるから」


その数日後、八祥が久々に顔を覗かせた。常連が奥でしのとワイワイやっている。典子はカウンターに座った八祥と話をした。

「LINEをありがとう。林さんも来て大変喜んでた。ひさびさに会えて懐かしかったって。少し話し過ぎたと反省もしてたけど、何かあった?」

「ううん。でも林さん、あの事件のことオレがついていながらすまないって何度も言ってたわよ」

「それも違うって。現に僕はまだ警視庁に籍はあるし、暇だから全国の施設を巡って落語三昧できるんだからさ。この暮らしがずうっと続けばと思ってるくらいなんだ」

「そんなの林さんが許さないって。必要な人材だって強調してたもの。そのカバン、旅先からの帰りなの？」

「うん、伊豆方面の老人施設。前日乗り込みで、今日は午前と午後の二ヵ所で聴いてもらったんだ。二席ずつで計四席、移動もあったしちょっと疲れたかな。強い酒あったっけ」

「スコッチはどう？　とっておきよ」

「いいね。じゃストレートで」

　典子はコップに三分の一ほど注ぎ、水を添えて出した。八祥はそれをひと息で飲み干した。典子は、ホントに疲れてるんだと思い、コップの脇にボトルごと置いた。

「チーズもどうぞ。胃のためよ」

「ありがとう。でもノリちゃん、施設にも色々あってね」

「どういうこと？」

「午前中に行った施設が、身寄りのない老人とか生活保護を受けていたけど患ったりという人たちが入っているところでね。で、午後に行った施設はまるでリゾートホテル並みなんだ。海が見えてゴルフ場が隣接してて、いわゆる富裕層が入ってる」

あ、と典子が声を出した。

「施設で思い出した。共楽って店、知ってるでしょ」

「ああ、焦がしネギの。奥さんが亡くなって以来行ってないなあ。あそこがどうかしたの？」

「武さんが、施設に入るって、こないだ報告に来てくれたの。ほら、あの人お祖母ちゃんの戦友みたいなもんだから」

「ああ、聞いたことがある。元々の八祥亭の斜向かいが元祖共楽だったって」

典子は頷いて続ける。

「武さん、もう年だから、マンションに建て直して店は人に任せ、自分はノンビリという風に考えてたらしいんだけど……」

「でも、武さん、身寄りがないんだよね」

「それが世の中捨てたもんじゃなくて、手伝ってくれてる青年がいたのよ」

「へえ、それはいまどき奇特な」

「腕もいいとかでね、彼に店を任せようと思ったんだけど、実は海外で起業する計画を持ってたのよ」

「そうか、じゃあ店は諦めて施設に入る気になったのか」

「でもね、その人いいとこあるのよ。施設を探し、共楽さんが落ち着いてから海外に行くらしいの。武さん、感激してたわ」

八祥が座り直した。

「いい施設に入るにはそれなりのカネがかかるよ。まさかその人に通帳なんか預けたってことはないよね」

典子は武の言葉を思い出しながら話す。

「いや、奴は信用できる人だからって、何もかも預けたと言ってたわよ。ほら武さん、仕事以外何にもできない人だから、彼を頼りにしてるのよ。店を売る手続きも全部やってくれたと言ってた」

「その人は、いくつぐらいかな」

「青年と言っても三十は過ぎているみたいよ」

「典子ちゃん、武さんに電話して。僕がこれから行っていいか聞いて」

「ど、どうしたの？」

「いいから電話して。ちょっと引っかかるんだ」

典子は携帯に向かって、こないだはどうも、昔話が聞けて勉強になりましたなどと言っている。早く本題に入ってくれと、八祥は焦れた。

「どうだった?」

「もう、店は閉めたみたい。ちょうどいま最後の荷物をまとめてるところだって。明日の朝、溝口さんが迎えに来てくれるんですってよ」

「いや、もしかすると迎えは来ないかもよ」

「えっ、何、どういうこと?」

「いいから急ごう」

典子はエプロンを取り、店の奥にほとんど叫ぶように言った。

「すぐ戻るから店番してて、お願い」

しのが答えた。

「デートかい、お安くないね」

ふたりが共楽へ到着して住まいの二階へ上がると、武はボストンバッグ二つの真ん中にポツンと座ってお茶を飲んでいた。

「突然ごめんなさいね武さん。この人はうちのお客さんで山遊亭八祥という落語家さんなの」

「落語家？」

「でもホントはもう一つ仕事があって警察の人なの」

「なんだかわかんねえが、警察の旦那が何だってまた」

「失礼します」

一礼した八祥は共楽にスマホを見せた。

「迎えに来るっていうのはもしかしたらこの男じゃありませんか」

共楽が目を丸くした。

「た、孝だ。何だって孝の写真を」

「孝と名乗ったんですか。本名は島崎孝広と言うんですがね」

「名前を聞いた時にさ、孝と武、似てるねと笑い合って……」

「その孝さんはどこに住んでます？」

「さあ、笹塚のほうとしか」

「電話番号は？」

「そりゃ知ってるよ。携帯で色々やりとりしてるからね」

「ではここから電話してください。明朝の時刻を確認するふりをして少し長めに喋ってください」

「いったい何が起こってるんだい？」

「いえ、大したことじゃありません。ごく普通に喋ってください、ごく普通に」

武は首を傾げつつ携帯を取りだすとすぐにつながった。そしてあ、オレ、と話し始めた。ボソボソながら、楽しそうに喋っている。八祥は武の電話がつながっている間に三件の電話をかけた。いずれも短かったが、典子にはGPSという言葉が強く聞こえた。

五分ほどして電話を終えた八祥は典子を隣の部屋へ呼んだ。電話を切った武に八祥は言った。

「ご苦労様でした。今こちらの典子さんに事のあらましを話しておきましたので、後で聞いてください」

八祥から聞かされた内容に典子は仰天していた。

「私は出かけますから、典子さんは武さんとしばらくここに一緒にいてください。落ち着いたら電話をします」

八祥が階段を降りていったのと同じ頃、店の前に黒塗りの車が二台止まった。そのひとつに八祥が乗り込むと、二台の車は赤色灯をつけて走り去った。典子の強い鼓動はなかなか治まらなかった。

孝広は武に笹塚方面に住んでいると言ったが、満更ウソではなかった。孝広のマンションは隣接する幡ヶ谷(はたがや)にあったからだ。

八祥は車から降りるとマンション玄関に二人、裏口に二人、非常階段下に一人配置し、自分はもう一人を従えるとマンション三階に上がった。エレベーターのドアが開いたら慌てた様子で孝広がそこにいた。そして八祥の顔を見ると驚愕(きょうがく)した。

「島崎、動くな。逃げられない。人が配してある」

そう言われると、孝広は観念したように動かなくなった。

「高飛びするつもりだったか。こっちも危うく取り逃がすところだった。そのアタッシェケースを開けてもらおうか」

孝広が震える手で開けた。

「佐藤武さんの通帳、実印に間違いないな」

孝広が頷き、刑事によって手錠がかけられた。孝広が押し殺すような声で言った。

「事業で成功し、オヤジを見返してやりたかったんだ。それには元手がどうしても……」

「八祥、遅かったじゃないか」

暖簾を分けると、しのが店の中で痺れを切らせていた。

「ごめんなさい。手続きが色々と混み入ってて手間取りました。それより武さんが無事で何よりでした」

しょんぼりしている武の横には典子が寄り添っている。信頼する男に騙された、裏切られたというショックはあまりに大きい。

しのの声は怒りに満ちている。

「典子から聞いたよ、お前がトラブったあの事件に嚙んでた政治家の息子なんだって?」

「そうなんです。前回、上層部の介入もあって捕まえられませんでしたが、やっと」

「でもまあよく間に合ったもんだよ」

「パスポートと台湾への旅券を持ってましたから、ホント危ないとこでした。施設の契約もウソで、店の売却もまだ成立してませんでした」

「今度こそ塀の中へ落とせるんだろうね」

「立件はまず間違いないと思います」

「八祥、お手柄だねえ。名誉挽回となりそうじゃないか」

「いえ、立場が立場なもんですから、表に出るのはちょっと……」

共楽の二階から、八祥はまず林に連絡を入れた。林はすぐに詐欺、知能犯担当の捜査二課をマンションに向かわせてくれた。林は一市民が捜査二課に協力した形を取るので、決して表に出るなと念押しをした。いまだに八祥の存在を疎ましがっている上層部の輩(やから)はいるのだからと。

「というわけでしのさん、私は今回現場にいなかったことになっているんで、お手柄ではないんですよ」

「何だい、これでようやく現場に復帰できると思ったのに」

「いやいや、僕は今のままがいいんですから」

さっきまではひっそりしていたが、八祥が現れたことによって、テーブル席の常連たちも俄かに活気づいた。

「そうだよタケちゃん、危ういところで虎の子が戻ってきたんだ。今日は八祥と典子にご馳走しな」

そこでようやく武に笑顔が戻った。

「もちろんみんなにご馳走するさ。しのさんも飲んでおくれよ」

「おい、八祥も一市民だから今日はご馳走になってもいいだろ。典子、ウィスキーが飲みかけだったろ」

「はい、ボトルごと持ってきましょう」

典子は酒を用意してから、大きながんもどきを人数分持ってきた。

「さあ召し上がれ。我ながらよくできたの」

「オレの好物だあ」

武はそう言って喜んだ。もう暗さはない。あっという間に皿を空にした八祥が言った。

「典ちゃん、まだがんもどきはある？　なんだかお腹(なか)がすいてきたんだ。一つはツマミで、後でもう一つをご飯に乗っけてツユをかけて食べたいな」

「もちろんあるわよ。さ、みんな、飲もう飲もう」

武ちゃんが手を小さく上げた。

「オレもがんもどき乗っけたの食いたい」

武の遠慮がちな要求に、皆笑った。

昼間の四席と事件で頭と体をフル回転させた八祥は疲れているはずなのに、いつになく饒舌だ。

「武さん、島崎孝広が詐欺師だってこと、わからなかったでしょう。でも自分を責めないでください。そこが詐欺師たる所以(ゆえん)ですから」

「いやまったくこれっぽっちも疑(うたぐ)ってなかった」

島崎は初めて店に来た日に、中華そばの味を絶賛したという。旨い。噂通りの店ですね。仕事がこちらになりましたのでしばらく通わせてもらいます。そう言い、一日置きに同じ時間にやってきた。以降、毎回黙々と食い、丼をきれいに平らげ、ニッコリ笑い、帰って行った。その繰り返しだった。

武が忙しさと疲労で限界となった時、絶妙のタイミングで「手伝いましょうか」と島崎から声がかかった。

「そこなんです。詐欺師は信頼関係を結び、実績を積み重ねます。そうして虎視眈々(こしたんたん)とチャンスを窺(うかが)ってるんです」

武は何度も頷いた。

「あいつの手伝いましょうか、って言葉には地獄に仏と思ったもんね。ただありがたいばっかりで」

「でも携帯の番号は教えても住所は教えなかったでしょ」

「ああ。彼女がいるのかって聞いても、女には懲りてますってな調子で、自分のことは話さなかったな。でも詐欺師には見えなかったんだけどな」

まだ未練たらたらの武に向かってしのが、

「目を覚ませ」

と言い、また笑いが起こった。

しのが感に堪えたように言った。

「だけど八祥、今日よくうちの店に寄ってくれたねえ。じゃなかったらタケちゃんは一文無しになってたんだからさ」

典子もしのと同じ表情をして言った。

「私も事の成り行きにビックリ、こんなことがあるんだと……」

しのが重ねた。

「何かに導かれたようじゃないか。やっぱりタケちゃんの徳だよ。これまで店で一生懸命働いてきたからお天道様が助けてくれたんだよ」

「ずうっと店の中にいたってことは、それだけ世間知らずってことなんだな……」

そう言って武はポリポリ頭を掻く。

しのは言い切った。

「いや、そんなタケちゃんを騙す方が悪いんだ」

島崎孝広の父親は現役の国会議員だった。

「八祥、今度という今度は父親の名前が出るんだろうね。いくら元大臣だからって今度ばかりは逃げらんないはずだよ」

「もちろん名前は出ます。でもそう大きくは出ないと思います」

「何でさ」

八祥は説明した。

父親は野党ではなく、依然として与党の幹部であり、官邸と近いこと。現在は官邸主導で、官邸は力を隠さなくなっていること。そして何年も前から親子が義絶していることを告げた。

「義絶？」

八祥は声を上げた典子に言った。

「落語で言う久離切ってのの勘当というやつで、戸籍から外されているんです」

「まあ、薄情なことをするのね」

「再犯を怖れたんだ。その時には赤の他人だと言えるわけで、政治家はこれぐらいのことはするよ」

「そういうもんかねえ」

しのがため息をついた。

「それだけに孝広は見返してやりたかったんでしょう。でも方法が決定的に間違ってます。武さんを手伝うためにラーメンの修業までしたんですから、目の前にお手本がいるんですから見習えばいいのに……」

「どっか他人と力の入れどこが違うんだろうね」

「そうです、しのさん。そういうことです。さすが年の功、いいこと言うなあ」

「年の功だけ余計だよ」

それにしても、あの地面師事件がなければ、八祥はバリバリのキャリアとして第一線にいたのにと、典子は残念に思う。そう思うが故に、事件の詳細を聞くのは憚られていた。でも今日の八祥は問わず語りに、これまで口にしたことがなかったそれを話し始めていた。

「初め孝広は父親の秘書を務めていました。飽きっぽいのか性に合わなかったか、辞めて遊び人になりました。島崎家の経済のなせるわざです。品がよくって妙に顔が広い。そこに地面師が目を付けたわけです」

八祥はあのことを話そうとしている。典子は緊張した。

「地面師とは土地の所有者になりすまして売り払う詐欺師のことです。この詐欺師グループの誤算は、孝広が政治家の息子であることを知らずに引き込んだことです。ですから逮捕時に拗れました。私が休職になるぐらいに」

「どんな詐欺事件だったのさ」

しのがみなを代表するように聞いた。

「大邸宅に住む独居老人が狙われ、売買価格は五十億円という案件です」

しのがつんのめるように聞く。

「まさか銀ちゃんの家じゃないだろうね」

「区も違いますし、狙われたのは老女です」

八祥の本日の五席目が始まった。

老女の邸宅は建物より広大な敷地が魅力で業者の間では知られた物件だった。ある

IT企業がそこに本社ビルをと希望したが、不動産会社を介した老女の返事は売るつもりがないとつれないものだった。

しばしして別の不動産会社からその企業に連絡が入った。老女の気が変わった。身を寄せるところが決まったので、売却に応じるというのだ。もちろんその不動産会社は地面師の息のかかったところだった。

企業が土地入手を望んでいるという情報を察知して以来、地面師たちの仕事は早かった。土地家屋の図面、登記書を始めとして、老女に関する書類を完璧に揃えた。同道する弁護士役もベテラン詐欺師だが、肝心の老女役の手配に手こずった。そしてその老女役を連れてきたのは島崎孝広だった。

孝広は漂う品のよさと顔の広さでスカウトされたものの、まだ仲間として認知されていなかった。そんな孝広に心当たりがあった。行きつけの店の片隅で毎日のように寡黙に酒を飲む年配の女性だった。口をきいたことはなかったが、店主から情報がもたらされ、長く劇団に所属した元女優だと知った。

孝広の元女優への接近は慎重を極め、店で二人きりになるまで十日を要した。女優だったんですってねと聞く孝広に、元女優は、芝居に未練なんざありゃしませんと答えた。孝広は一度だけ主役を張りませんかと言い、最後の花道を飾りましょうよとたたみかけた。封筒に入れた三十万円を出すのもタイミングを計った。それは丁度、元女優の店のツケと同額だった。

「そして、ちょっとした演技をして成功報酬が三千万とくれば、グラっときますよね。彼女は酒好きであと五年は飲みたいが口癖だったそうですから」

実際、元女優の演技力はまったく衰えていなかった。想定問答の台詞も完璧に覚え、それが台詞くさくなかった。企業側と対峙した時も気品さえ湛え、着物の着こなしも自然だった。

企業側の弁護士が数年前に近隣で起こった交通事故に触れた時、異変が生じた。さあ、そんなことがありましたかねえ、年を取るともの覚えが悪くなってと言って、元女優が考え込んだのだ。地面師一味は思わず腰を浮かせた。

「ホントに忘れちまったのかい」

と言うしのを目で制した八祥は続ける。

「いや、思い出しましたと言ってけっこう大きな事故のあらましをリハーサル通りに語り、また一同を安心させたんです。でも今度は想定問答にないことを言ったそうです。あの事故では親御さんを亡くしたお子さんがいましたよね。可哀想に。今頃どうしているかしらと涙まで滲ませたんだそうです。孝広はあまりの演技力とリアリティに震えがきたと言ってましたね。感動した、この人は本当にあの屋敷の主なんじゃないかって」

「じゃ五十億の商談は成立したんだ」

「しのさん、警察を舐めてもらっちゃ困ります。もちろん内偵してました。そして、全員動くなってなもんで一網打尽ですよ。逮捕して聴取が始まってたんです。その段階で孝広の素性が明らかになり、いきなりハイ事件はそこまでとなったから揉めたんです。それが証拠に島崎親子の名はマスコミに出なかったでしょう」

典子はそうだったのかと思い返す。ワイドショーや週刊誌を賑わせたのは、フィリピンに高飛びした黒幕の地面師が主だったことを。世間が地面師の詐欺事件に興味を失った頃、一部週刊誌に「老女優、怪演」との記事が出たとのことだが、しのも典子も知らなかった。

「はい、地面師一味、五十億円獲得ならずの一席でございました」

そう言って頭を下げた時の、得心がいった武の拍手が嬉しかった。

「孝はバカだなあ。店ぐれえくれてやったのに」

「それにしても八祥、おまえ話が上手くなったねえ。感心したよ。もう警察に戻るのはよしな」

「やだなあ、しのさん、まだやめませんよ」

「バカだねこの子は。私がタダで褒めるはずないだろ。あんた、タケちゃんの施設を探しな」

「えっ、僕が？」

「だってあんたしょっちゅう施設を回ってるじゃないか。今日もその帰りなんだろ？」

「それはそうですが……」

「いいかい、タケちゃんは施設を探すふりをしてちっとも探さない詐欺師に騙されちまったんだよ。頼りにしてた人に騙されるってこんな情けない話はないじゃないか。何とかしてやるってのが男ってもんだろ。それに乗りかかった船なんだから、最後まで面倒みておやり」

乗りかかった船かと八祥は胸の内で呟(つぶや)きつつ、それもそうかなと思った。確かに自分は相当数の施設で落語を披露してきていて、その経営者やそこで働く人から情報を仕入れ、何より施設に入っている人と何度も交歓しているのだ。

「武さん、血圧は高い方ですか、糖尿の気は、尿酸値は？」

「何だい八祥、いきなりそんなことを聞いて」

「いえ、近頃は医療の整った施設も多く、持病に適したところがいいかと」

「ふうん、やるね八祥」

「武さんは山と海のどっちが好きですか？」

「そうさな、先祖は東北の出らしいけど、この年だから海の見えるあったかいところがいいな」


八祥の聞き取りが進むなか、典子は席を立ちがんもどき丼の調理にかかった。そして糠床に何が入っているかに思いを巡らせた。

私の行きやすいところにしとくれよとしのの声が聞こえ、典子は八祥が店に来て以降のこと、私をどう考えているのかをあらためて整理しようと思った。しのの声がまた響いた。

「海の見えるとこ、私ゃ、そこがいいと思う。タケちゃん、そこにしな。あたしも海が好きだから」

第四話　猫のお菓子屋さん

しのは、およそ閉店の一時間ほど前に、八祥亭に顔を出す。残っている常連に挨拶をするためと、自ら晩酌をするためである。

ある夜、カラリと引き戸を開けると典子が言った。

「珍しい人がお待ちよ」

見るとカウンター席から佐山茂雄が手を振っている。

「あらホントだ。シゲちゃん久しぶりじゃないか」

「いや渋谷に来てしのさんのご尊顔を拝さなかったら、罰が当たると思ってね。さあ隣へ座ってよ。昔話をしよう」

しのは当然のように座り、典子にシヤを一杯と言った。

「出た、シヤが。その、ヒヤでなくシヤが聞きたかったんだよ」

「サービスにシヤと言ってやってるのさ」

「またまたあ、ヒヤと言えないクセに」

典子は二人の変わらないやりとりを聞き、かつて佐山が入り浸るように来ていた頃のことを思い出した。佐山は近くの百貨店に勤めていて、毎晩のように顔を出していたのだ。

「定年になってからしばらく経つね」

「ちょうど十年、古希になっちゃったよ。まあしのさんから見れば鼻垂れ小僧だけどね」

「そんなことはない、どこへ出しても恥ずかしくない立派な前期高齢者だよ」

「アハハ、相変わらず皮肉が効いてるねえ。それよりしのさん、ノリちゃんが腕を上げたのには驚いたよ。いや何を食っても旨いんだ」

「ありがとよ。習うより慣れろで、まあお陰様で一人前になったよ。ところでシゲちゃん、今日は何の用で渋谷へ？」

　佐山は百貨店の外商を長く務め、お得意を多く持つことで知られていた。世田谷の成城(せいじょう)、目黒の青葉台(あおばだい)等の高級住宅街の、今はセレブと呼ばれる顧客を持ち、百貨店の近くでは松濤にご贔屓が少なからずいた。

「定年後もよく電話をもらってね、でもこっちは引退してるわけで、あまり出しゃばるのもなんだから、仲介と言うのか外商に残る後輩につないだりしてるんだ」

「そうかい、そりゃいいことだね。あんたには太い客がたくさんいたから」

　しのは佐山が定年後も百貨店に貢献していることを知り、シゲちゃんらしいと思った。しのは佐山が顧客ベッタリにならないことで信頼を勝ち得ているのを知っていた。客は何かと担当を囲い込みたがるが、佐山はどの客とも付かず離れずの距離を取っていた。そして頼まれたことには全力を尽くし、その公平なところが結局は売上増につながっていたのだった。

「じゃあ今日は松濤の客のところへ来たのかい？」

「そうなんだ。ある高齢の奥様なんだけど、淋しいんだね。今日は大口の呉服を頼んでくれて、その場でそれを外商につないで、茶飲み話でもけっこう昔のことで盛り上がってね。それで八祥亭に引っかかったというわけさ」

「何でもいいからたまには寄っとくれよ。あたしも昔話をする相手が減っちゃって困ってるんだから」

「でね、しのさん。帰りがけにその奥様から妙なことを聞いたんだ」

「妙なこと？」

とその時、奥のテーブルの四人から会計が入り、話が途切れた。ノリちゃんご馳走さま。しのさんまたね。典子やしのもそれに答え、客たちは賑やかに帰った。

「そうか、もう看板の時間だったたね」

「気にしなくていいの、久しぶりなんだから。そうだ典子、シゲちゃんにマゴ茶を仕度しといて」

「おお懐かしい。これを仕上げに食わなきゃ未練が残るからね」

「さ、も一杯ずついこう。典子頼むよ」

コップが満たされ、しのが促した。

「で、妙なことって何だい？」

「おおそれだ。百貨店からちょっと行くと公園があるよね」

「うん、鍋島公園だろ。昔、鍋島家があったという」

「正しくは鍋島松濤公園と言うらしいんだけど、夜でなく夕方、そう薄暮の時刻にその奥様が巨大な猫を見たって言うんだよ」

「鍋島の化け猫かい？」

「そう、正にそれ。さすが昔の人は知ってるね。奥様もその話を知っててね、もう恐いから公園行くの嫌だってんだよ」

あれは佐賀藩の鍋島家のことだったね、としのが遠くを見るように言った。

藩主の機嫌を損ねた家来が斬殺され、その母は飼っていた猫に息子の無念を語って自害。母の血を嘗めた猫は化け猫となり、城中に忍び入って夜毎藩主を苦しめる。しかし忠臣が化け猫を退治し鍋島家を救う……。

「確かそんな話だったよね」

「さすがしのさん。でもあれは一種の伝説だよね」

「映画化されたりして、ホントにあった話みたいになったんだ」

「それでね、奥様が信じちゃってホントに恐がってるんだよ。でもオレに何とかしてって言われてもねえ……」

奥を片づけ、マゴ茶の仕度をしていた典子が割って入った。

「公園のそれ、化け猫じゃないよ」

「えっ？」

「人が猫のぬいぐるみを着てるのよ」

しのと佐山は顔を見合わせてから、典子を見た。

「お祖母ちゃん知らないかな、この辺を軽トラックで回ってる猫のお菓子屋さんのこと」

「猫のお菓子屋さん？　何だいそりゃ」

「駅の方へは行かないの。車が停められないでしょ。で住宅街とか小学校前や公園とかそういう所にいるの。その奥様はたまたまぬいぐるみを着た人が公園で休んでるところを見て、化け猫と思ったんじゃないかしら」

「何だ、ぬいぐるみだったのか……。明日電話して奥様を安心させてあげよう」

典子は一瞬言いよどんだが、続けた。

「私、山手通りの先の小学校前で見かけたの。子どもたちがいっぱい集まってけっこう人気があるのよ。お菓子は、子どもでも買えるありふれたものだけど、手作りっぽい猫グッズもたくさんあって、それが人気なの。そして何よりその人が着ている猫の格好がよく出来ているのよ」

「ぬいぐるみがかい？」

「そう、すんごいリアルなの。それでいて恐くないの。何しろ子どもが触りたがるくらいだから。でね……」

またしても典子が少したためらった。

「しばらく眺めてたから分かったんだけど、そのぬいぐるみに入っている人、どうも女の人みたいなのよ。音楽かけてね、キビキビ動いてるんだけど、やっぱりどこか女の人なのよ。はい、お待たせ」

佐山はマゴ茶を前にして目を輝かせ、これこれ、これが食いたかったんだと箸を忙しなく動かし、話はそこまでとなった。

翌日典子は、魚定から青果店へ回り、スーパーでちょっとした買い物をし、店に戻ってあらかた仕込みを済ませた。そしてちょうど下校時間であることを確かめてから、近くの小学校へ向かった。果たして猫のお菓子屋さんは、校門から少し離れたところに軽トラックを停めていた。十人ほどの小学生たちが菓子やグッズが陳列してある車の荷台を囲んでいた。菓子類を買って駆け出して行く子もいれば、今まさにやって来た子もいた。そんな具合で終始十人ほどが軽トラックと猫のぬいぐるみを囲んでいるのだった。

十五分ほどして、子どもたちが帰った頃、典子は思い切って話しかけてみた。

「こんにちは、近くで居酒屋をやっている者です。子どもたちに人気ね」

ぬいぐるみの猫はペコリと頭を下げた。

「それにしてもそのぬいぐるみ、よく出来てるわねえ。これじゃ子どもたちが触りたがるはずだわ」

ぬいぐるみの猫は、今度は二度頭を下げた。

「立ち入ったこと聞いてごめんなさい。もしかしてあなた、女性じゃない?」

ぬいぐるみの猫が動きを止めた。しばしして、そうですという小さな声がくぐもって聞こえた。

「アクションだけで喋らないから不思議に思ってたの。それに動きもしなやかだから

「――」

「あのう、もしかして――」

　再び猫が口をきいた。

「八祥亭の典子さんでは」

「えっ、私を知ってるの？」

「よかった。車からお見かけしたことがあるんです。店の前に水を打ってらっしゃいました。店とお名前は松濤の麻生さんから伺いました」

「銀二郎さんをご存知なの？」

「よく家の前に車を置かせていただくんです。たまたま話をする機会がありまして、麻生さんからしのさんと典子さんにはお世話になっていると」

「お世話なんかしてないけど、長いお客様よ」

　初対面と思って話しかけたら、こっちのことを知っていた。典子はこれが縁というものかと思った。

　猫が遠慮がちに言う。

「少しお時間ありますか。よかったらコーヒーでも。車の中にありますけど」

「いただくわ。私も何度か車をお見かけして興味があったの」

促され、典子が軽トラックの助手席に乗ると、猫は頭を取った。どんな仕掛けなのだろう、一瞬で脱げた。現れたのは髪をひっつめにした端整で化粧っ気のない顔だった。女性は車を発進させた。数分走ると、いつもはタクシードライバーが仮眠を取る木陰が空いていて、女性はそこに車を停めた。窓の空いた車内を涼しい風が吹き抜ける。

「千夏(ちなつ)と言います」

彼女は、足元の携帯ポットから二つの紙コップにコーヒーを注ぎ、一つを典子に渡した。

「あらためまして、典子です。同い年ぐらいかしら。コーヒー、いただきます。私もいつもこの時間にコーヒーを飲むの。あら、おいしい」

「タバコとお酒はやめました。今はコーヒーが人生の友です。近ごろはいろいろ一人で抱え込むことがあってちょっと苦しくなっていたので、話しかけてもらって嬉しいです」

そう前置きして始まった千夏の話は、典子が初めて猫のお菓子屋さんの軽トラックを見かけた時に感じた何か、を遥(はる)かに上回った。今日の開店は少し遅れそうだが、それでも構わない。

　もともと千夏は美大で絵を学んでいたという。卒業後は好きだった演劇の世界を目指し、小さな劇団の舞台美術の職を得た。仕事はポスターやチラシのデザインに始まり多岐に及んだが、千夏が頭角を現したのはぬいぐるみ作りだった。劇団の公演にはぬいぐるみがよく登場し、それが売りでもあった。当初は専従ではなく手伝いとしてぬいぐるみ作りに参加したのだが、千夏の作品は驚くほど評価が高かった。制作部や演出部だけでなく、ことにそれを着る役者に評判がよかった。着やすい、むれない、滑舌に影響しない。つまり演技しやすいとの評価を得たのだ。

「東京を中心に活動する劇団でしたが、勢いついでに全国展開しようということになり、スポンサーがつきました。ＩＴの世界でも躍進目ざましい会社で、二年後、私はその社長の妻になりました」

　典子は思わず、えっ、えーと声を上げた。

「それって、世間で玉の輿（こし）という……」

「よく言われましたが、実態はまるで違いました。変な言い方ですが私は美大に通いながらそっち方面はウブでして、今にして思えば夫のキザなデート攻勢や歯の浮くようなプロポーズを見抜く目がなかったのです。夫は何人もの女性と切れていませんでした。幸い女の子に恵まれましたが、夫は男の子が欲しかったようで子どもが生まれた途端、家に帰ってこなくなりました」

ＩＴ企業の社長と言えば時代の寵児だ。モテるだろう。しかし遊びの清算もしないで結婚するなんて……。典子は千夏の話を黙って聞くしかなかった。

「お金だけは振り込んでくれたので経済的な心配はなかったけど、問題は同居してたお義母さんでした」

「お義父さんは？」

「早くに亡くなってて、お義母さんは一人息子ベッタリで、その息子が帰ってこないもんだから鉾先が私に向いたんだと思います」

「だって女の子の孫がいるんでしょ。どうしてその子を可愛がるという方向にならなかったのかしら」

「穏やかな人に見えたんですが、どんどん口やかましくなって、家事育児のことでことごとくに注文を付け、ついには息子が帰ってこないのはあなたのせいだと言い始めました」

「何言ってんのよ。息子は女の所に入り浸っているんでしょう」

典子は興奮してついそう言ってしまったあと、短絡的な物言いを詫びた。

「いいんです。言わなかったけど私もそう思ってたから。で、いよいよこれはこの家にいられないとなって出る決心をしました。でもそう決めるまでの二年は長かったです」

「えっ、なにあなた、二年も我慢したの？」

「子どもって手がかかるでしょ。母乳から離乳食になって、歩けるようになり、片言でも喋れるようになるまで、そこまでは何としても我慢だと踏ん張ったんです……」

「その後のことはさすがにお口アングリだったわ」

「大方、離婚裁判で揉めたんだろう」

「揉めりゃよかったんだけど、一方的だったから腹が立つのよ」

その日の八祥亭の閉店後、典子はしのに事の顚末を話していた。しのは相変わらずシャのコップ酒を手にし、典子も飲まずにいられず、ピッチも早かった。

「離婚調停が不調に終わって裁判になったわけよ」

「そうなるだろうね」

「千夏っちゃんは、って、あらやだ私、すっかり感情移入してる」

「江戸っ子は普通、肩入れするって言うけどね」

「黙って聞いてよ。千夏っちゃんはね、特に大きな望みはなかったの。子どもと二人で暮らしたいだけだったの。まあ最低限の養育費は必要だけど」

「相手は金持ちなんだろ、うんと吹っかけてやりゃいいんだよ」

「だから黙って聞いてよ。相手は金持ちだから、凄腕の弁護士を雇ってね、どちらが子どもを養育するのにふさわしいかという話になったの。たいして孫を可愛がりもしなかった先方のお義母さんが、急に手放したくなくなったらしく私が育てます、乳母も付けますってしゃしゃり出てきたの。こんなバカな話ってある？　結局、三歳になってた娘を取られちゃったのよ」

「何だって？　母親が育てた方がいいに決まってるじゃないか」

「だから育てる環境やその子の将来の話になって、そうなりゃ勝ち目はないわよ、向こうは金持ちなんだから」

「それで彼女は黙って引き下がったのかい？」

「もう精神的に疲れ果てたらしくてね、弁護士のいうまま二千万円でケリよ」

「手切金が二千万？　もう一声欲しいところだね」

「相場っての？　それよりは破格なんだって」

千夏は小さなアパートを借り、そこに引き籠った。失ったものの大きさに、飲めない酒を飲み、タバコにも手を伸ばした。食事を摂ることも億劫になり、泣き暮らした。娘の幸せのために忘れなければと思えば思うほど、その存在が膨れ上がった。それはかけがえのないものだったと。

社会に引き戻してくれたのはかつての劇団仲間だった。温かく迎え入れてくれ、ぬいぐるみの制作に没頭した。

元通りといかないまでも健康を取り戻すと、どうしても娘に会いたくなった。写真やビデオでは我慢ができなかった。

「だけど小夏ちゃんがどこにいるか分からないのよ。お義母さんが教えてくれないんだって」

「何だいそのコナッチャンというのは？」

「千夏ちゃんの娘よ。いい名前でしょ、千夏の娘で小夏って」

「何だか夏ミカンみたいな親子だね」

「別れたのが三つの時で、一年引き籠って、リハビリに二年かかり、捜す手段の一つとして軽トラックを手に入れ、あ、その前に免許を取ったんだけどね。ぬいぐるみを着てあちこちもう二年も捜し回って大変なのよ」

「へえ、ぬいぐるみを着て捜そうってのかい、大変だねえ。昔も今も親ってのは子どものためには何でもするもんなんだ。でも素のままで現れちゃいろいろまずいんだろうね。で、まだ見つからないのかい？」

「そうなの。何もかも手探りで、私ももどかしいわ。でも千夏ちゃんが諦めてないのが救いよ」


それから一ヵ月後、展開があった。千夏が典子にそれらしき子が渋谷区内の小学校にいたと知らせてきたのだ。

「千夏ちゃんが来たのかい」

「そう、仕込みの時。ちょっと興奮してて、でもそうなるわよね、久々の対面だから」

「で、その子は本当に小夏って子なのかい」

「それが似てるけど確信が持てないってのよ。母親の勘では娘なんだけど、その子は無邪気にぬいぐるみに触ってくるし、懐かれてるのは分かってるんだけど、こっちは何しろぬいぐるみを着てるしね。千夏ちゃん、その子に母親だと名乗っていいものかどうか悩んでるのよ」

「苦しいとこだねえ。よし、明日、八祥を呼びな。そこまできてるんなら、何か手立てがあるよ。あの男ならきっと少しは役に立つだろうさ」

典子はしのと同じことを考えていたことに驚き、このところ老いの見えたその目に、強い光が宿ったのを確認した。


八祥は翌日の閉店間際にやってきた。酒も飲まず、典子の話を聞くにつれ、表情に真剣味が増した。

「うってつけの男がいる。僕も世話になった弁護士だ。信頼していい。明日また来ます」

と帰って行った。

次の日の同じ頃、八祥亭に猫のお菓子屋さんこと、千夏の姿があった。Tシャツにジーンズ姿とシンプルだが、典子にはだいぶ落ち着きを取り戻しているように見えた。しばらくすると八祥が一人の男を伴ってやってきた。千夏が慌てて二人に挨拶する。

八祥が紹介した。

「大学同期の立花(たちばな)くんです。僕は警察官になりましたが、彼は弁護士になりました。

それもいわゆる人権派というカネにならない弁護士にです」

「あれ、カネにならない弁護士ってのがあるのかい？」

と、しのが声を上げた。

「ありますとも」

「ということで、立花です」

それまでの黙礼から初めて立花が声を発したが、ソフトなバリトンにしのも典子も驚いた。

「いい声でしょこいつは。この声で裁判官を説得するんです、理路整然とね。離婚、親権争いはお手のもんで、弱者の味方を貫いているんです。そうありたいと願って弁護士になり、未だに貫いてるんだから大したもんですよ。しのさん、カネにならないというのはそういうことなんです」

「ヘイへイ分かったよ」

しのはそうお道化つつも、立花に信頼の目を向けた。

「それから千夏さん。いろいろ不安もあるでしょうが、何でもこの立花に言ってください。柔らかい風貌ながら弁護士として力がありますから」

「千夏です。典子さんに甘えてやってきました。何卒よろしくお願いいたします」

千夏はそう言って頭を下げたが、華奢（きゃしゃ）な体に似ず力強い言葉だった。立花と千夏をテーブル席に残し、しのと八祥は飲み始めた。典子はとっておきの豆を挽（ひ）き、ブルーマウンテンブレンドを奥の二人の前に置いた。立花はあまり飲めないと八祥から聞いたからだ。そして立花と千夏は小夏ちゃんを奪還すべく、打ち合わせに入った。

しののピッチが上がらない。シヤをちびちびやっている。

「大丈夫かねえ。母娘（おやこ）は一緒に暮らせるのかねえ」

八祥は静かに答える。

「裁判で決まったことを引っ繰り返すのは難しいと思いますよ。問題は千夏さんがどれほど強く娘さんと一緒に暮らしたいかというその気持ちです。小夏という子にはまだ判断する力はないでしょうから。そしてその前に、お子さんにとってはまだ猫のぬいぐるみがお母さんだとは知らないわけです。これ千夏さんが名乗りを上げた方がいいのかという問題もあるし、まあ何より先方が現在どう思っているかですよね」

典子のピッチは早い。クイクイいっている。八祥が小夏について触れるとドキドキする。別れて暮らす自分の息子と重ねているのではないかと。

「里芋とイカ、我ながらいい出来だわ、おいしい。で、小夏ちゃんの住んでるとこ、分かったの？」

「そんなの簡単です。私と立花が組んでるんですから。それにしても千夏さん、よくその小学校に単独で辿（たど）り着いたと思って」

「それが大変だったらしいの。かつて住んでた目黒から捜し、引っ越したと聞いたから世田谷だろうかと見当をつけて回り、世田谷って広いし小学校もたくさんあるから時間がかかったって言ってた。で次は渋谷か新宿かで迷ったらしいけど、結局は渋谷で正解だったって」

「高級住宅地の小学校ってことだね」

「ビンゴ。でも十校以上回ってようやく小夏ちゃんらしき子に巡り会えたんだよ」

しのの飲むピッチがいくぶん戻った。

「でその元旦那ってのは今どうしてるんだい？」

「うん、調査によるとね」

「何だい八祥、調査だなんて探偵みたいなことを言って」

「しのさん、捜査なんてできるわけがないでしょう。事件じゃないんだし今の立場もあるし。でも元旦那はね、小夏ちゃんと一緒には住んでいなかった。おそらく女性のところでしょう。住所も分かってるんだけど、そこにはお義母さんと小夏ちゃんと、通いの家政婦兼乳母さんだけ」

「よし、なかなか行き届いた調査だ」

しのが半畳を入れる。

「今日一日かけて調査しました。でね、もう一つ分かったことがあるんです。私が面倒見ると裁判で言い張ったお義母さんだけど、どうも小夏ちゃんをあまり可愛がってないらしいんです。小夏ちゃんもまた懐いてないらしくて」

「そりゃそうよ、お母さんを追い出した憎い人だもの。小夏ちゃんがいくら子どもだってそれぐらいのことは分かるわよ」

どうも今夜の典子は酔っている。

「近所の人の話によると、お義母さんは孫より息子の方が可愛いってけっこうあっけらかんと喋ってる。その辺に切り込む余地があると思うんだ」

「あれまあ、そこまで調査したのかい。上出来、上出来」

しのが再びそうお道化けた時、奥の立花と千夏が立ち上がった。

「あらまし話を聞きました。これでできることとできないことがハッキリしました。脈はあると思います」

立花はそう言うと、八祥に目配せをした。八祥が言った。

「これは私と立花の意見で、代表して私が酒の勢いで言いますが、千夏さん。これは決して勧めるわけではないんですが、もう一度言います。決して勧めるわけではないんですが……」

八祥はそう言うと、しばし千夏の耳に囁いた。千夏は目を丸くし、うなずくと、やってみますと言った。

八祥と立花が表へ出た後、千夏があらためて言った。

「典子さんありがとう。あの時話しかけてくれて本当に感謝しています。お陰で一人じゃないということが分かりました。こんなに心丈夫な味方ができて、もう何とお礼を言ったらいいか……」

千夏は頭を下げつつ感謝の涙を流した。典子は酔いも手伝い、千夏の肩を揺さぶりながら、大丈夫、きっとうまくいく、大丈夫、きっとうまくいくと繰り返し、しのに引き離されるまで泣いていた。

打ち合わせのあと、千夏は以前いた劇団を訪ね、その工房を借りた。千夏を社会に戻してくれた顔がそこここにいて、好きなだけ使っていいよとのありがたい言葉が返ってきた。数日かけて千夏は猫のぬいぐるみの顔を全面改装した。リアルなのに恐くない。それが千夏のぬいぐるみの特徴であったが、今度はリアルを追求して作った。目が吊り上がってらんらんと光り、口は耳まで裂け、覗き見た劇団員が腰を抜かした。

完成したそれをトラックに乗せアパートに戻った。スーパーで食料品を買い、風呂に入ってたっぷり睡眠を取った。起きたのは昼過ぎだった。

日が暮れる少し前、ぬいぐるみの下だけ着て、頭の部分を助手席に乗せ、千夏は軽トラックを発進させた。渋谷の住宅街、それもこのところ見知った界隈に軽トラックを停め、その時を待った。

立花が教えてくれた小夏が住む家は小学校の近くだった。こんなところに住んでいたのかと千夏はあらためて思った。いちど、小夏の下校時に後をつければ判明するかもしれないと思ったことがあるが、結局やめた。小夏に気づかれる怖れがあるのと、それは卑怯であり、未練でもあると思ったからだった。だが覚悟が決まった今、もうためらいはない。八祥と立花が練った策を実行に移すのみだ。義母は夕刻、買い物に出る。自宅に戻る途中の、界隈で一番淋しい通りへ来た時、前を横切るだけでいい。八祥はそう言った。声を出すのも威嚇もダメ、ただ横切るだけとも言った。

ビニールのエコバッグだろう、白い袋を下げた姿が向こうに見えた。久しく会わなかったが、あのシルエットは正しく義母だ。千夏は、丹精したいつものよりひと回り大きいぬいぐるみの頭をかぶり、バックミラーで出来映えを確認し、ソロリと軽トラックを降りた。シルエットが近づいてきた。正しく義母だ。三メートルばかり前を横切り止まった。義母の目が驚愕で大きく見開かれたのを目の端に確認しつつ軽トラックに戻り、発進させた。後ろで何か聞こえたが、それはおそらく義母の悲鳴であったろう。

千夏はそれから三日間、アパートでひっそり暮らしたが、何も起こらなかった。四日目、立花から長文のメールが来た。

「作戦は上手く行っています。効果は絶大で、お義母さんが寝込んでいるとの情報を得ました。作戦のヒントは典子さんの話です。かつての常連さんの顧客の松濤の奥様が公園で休んでいる千夏さんを見て、化け猫（失礼）と見間違えたというエピソードです。その話を聞いた時、ピンときました。これは使えると。お義母さんはしのさんほどではありませんが、松濤の奥様ぐらいには高齢です。ましてや渋谷区に住んでいれば、あの鍋島の猫騒動を知っているに違いないと踏んだのです。計略は当たりました。お義母さんは知っていたのです。知っているからこそ怯えて寝込んでいるのです。化け猫が化け猫がとうわ言のように言っているとかで、少し薬が効き過ぎたきらいもありますが、あなたが心の重荷に思うことはありません。あなたは単に猫のお菓子屋さんの業務の一環で道路を横切っただけです。それを見てお義母さんが勝手に怯えたのです。どうぞそういうこととご理解ください。しかし典子さんの話を聞いた時に、八祥が同時に私と同じアイディアを言い出したのには驚きました。久しく会ってないのに以心伝心でした。今回の件は明るい兆しです。一歩一歩進んで参りましょう。また進展がありましたら連絡します。肩の力を抜いてお待ちください。立花」

　ありがたかった。そして本当に肩の力が抜けた。現金なもので食欲も戻り、千夏は足取りも軽く、礼を言うべく劇団に赴いた。工房にいると、制作の富田が顔を出した。

「おっ、いい時に来てくれた。まだ先の話なんだけど、今度カエルとワニの出てくる芝居をやるんだ。ワニは這い回りながらセリフを言う。カエルはちょこんと座ったり立ち上がったりしてこれもけっこうセリフがあるんだ。そこんとこを工夫してぬいぐるみを作ってくれないかな、材質、色、すべて任せるよ。客をアッと言わせてやろうぜ。それから、いずれここへ戻ってくることも考えてよ。全力で迎えるからさ」

　ああ、信頼されるって何て嬉しいことなんだろう。千夏はその場で直ちに取り掛かりますと答えた。

翌日、千夏と典子のもとへ八祥からメールが届いた。

「今、四国のある施設へ落語を披露すべく向かっているところです。東京で判明したことをお知らせします。各方面から攻めようと、千夏さんの元旦那の会社を少々調べたのですが、どうも上手く行ってませんね。ＩＴの企業が林立と言うか乱立し、淘汰されつつあるのは知っていましたが、どうやらその一つになったようです。原因は乱脈経理とのことです。蛇の道は蛇、これでも僕には仲間が大勢いて、色々と情報をくれるのです。元旦那はカネに詰まっている。これも朗報ではないでしょうか。二日後に東京に戻り、また動きます。続報を待て（笑）。八祥拝」

乱脈経理。そうなるだろう。いくら羽振りがよくても何人かの女にマンションを当てがったのではたまらない。それにＩＴ業界は頭打ちなのだ。よく言えば群雄割拠だが、少しでも隙を見せると、競争率が高いだけにたちまち淘汰されてしまうのだ。

実は典子はメールの前に八祥から小夏っちゃんが女の子というのが有利に働くかもしれないと聞かされていた。どういうこと？　と問うと、跡取りということだよ。実は彼がいま同居している女性に男の子が生まれたんだ。彼が古い考えを持っていてくれれば奪還の確率は上がると思うよと八祥は言っていたのだった。典子は、あなたの息子の場合はどうなのよと胸の内で呟いた。

果たして八祥の見越した展開になった。立花は会社の諸々(もろもろ)の数字を頭に入れ、コンタクトを取り、千夏の元旦那に会った。様々な要求をしてくるようだったら数字を出し、小夏を取り戻すべく熱弁を振るうつもりでいた。元旦那は電話に驚いたようだったが用件を知り、すぐ会いましょうと言った。

翌日、指定された喫茶店に赴くと、彼は立ち上がり、お世話になりますと言った。そして立花の名刺を見て、すでに色々お調べになってるんでしょうねとため息をついた。思っていたほど悪人そうでもない。話は先方から切り出した。

「母がちょっとおかしくなりましてね。化け猫を見たと言い張るんです」

そう言われ、立花はヒヤリとしたがもちろんオクビにも出さなかった。

「これは一人にしておけないと思いましてね、引き取りました。これももうお分かりでしょうが、今の女性と同居しているマンションにです。はい、渋谷は近々引き払うつもりです。母はうちへ移った途端、精神状態が好転しました」

察しのいい人物と分かったので、立花も少し踏み込んだ。

「あなたと同居できることと、生まれたばかりの男の子の存在がお母さんを安心させたのでしょうね」

元旦那は驚いた様子で答えた。

「息子が生まれたこともご存知なんですか……」

そして続けた。

「何もかもお見通しなんですね。そう、母はすっかり元気を取り戻しまして、化け猫のことを持ち出しても、ありゃ何かの見間違いだよという変わり様です」

「それはいい傾向ですね」

立花は普通に相槌を打った。

「母は長男をそれは可愛がっています。これも大きく変わったことの一つです。なぜ小夏を同じように可愛がってくれなかったのかとの思いもありますが、家に帰らなかった私のせいだとあらためて思い知りました。すべては私の不徳の致すところです」

「あの、家政婦さんがいらしたはずですが……」

立花はかねての疑問を口にした。

「渋谷の家で、彼女が小夏を見てくれてます。実はずっとそうでした。私の家では長男の面倒は私が見ると、母が言ってます。おかげで嫁は大助かりです。あ、今つきあっている女性と近々入籍予定なんです」

彼は少しテレて、ちょっと胸を反らして言った。

「どうです、ここまではご存知なかったでしょう」

「調査不足です。とてもそこまでは」

「そりゃそうでしょう、まだ決めたばかりですから。そこへ立花さんから電話をいただいたというわけです」

そうだったのかと立花は安堵した。焦りは禁物、早過ぎても遅過ぎてもいけないと、交渉のタイミングを計っていたのは正解だったのだ。

「ところで小夏さんの件ですが」

立花は本題に入った。

「はい、喜んで千夏に預けます。預けるというのも妙な表現ですが、是非千夏と一緒に暮らせるようにと願っています。親権を放棄し条件は一切付けません。たまに会わせてくれればとは思いますが、何しろ小夏にはほとんど会っていませんから、それを言い出す資格は私にはないでしょう」

長男が生まれたからだろう。ビジネスライクな人物だと立花は思った。

「我が社の業績がわずかながら上向いているのをご存知でしょうか」

　立花は頷きつつ、その部分の数字を不思議に思っていた。

「無駄をだいぶ整理しました。一番の無駄は私の遊びです。はい、クラブ通いをやめ、今やつきあいの悪い男になりました。それだけで数字が動くんですから、今までいかに慢心してたかということです。放蕩と言っていいでしょう」

　彼はそこで少し遠くを見る目をして言った。

「跡取りもできたことですし……」

　小夏ちゃんが女の子で、そこへ今の恋人が男の子を産んだ。そこに交渉の余地があると踏んだのだが、正解だったと立花は喜んだ。

「引き払う時にご連絡しますので、小夏を迎えに来てください。立花先生に是非お願いします。小夏には家政婦を通じて言い含めておきますので」

　それは二、三日のうちですと言い、立ち上がった。二人はごく自然に握手をした。

「いや、いい人に間に入ってもらいました」

　と元旦那はレジに行きかけ、

「実は生々しい話で恐縮ですが、再婚をするに当たり、おつきあいした女性たちと別れようと思っています。女性はそれなりのものを渡すと引き下がってくれるのですが、一人だけちょっとこじれているんです」

と言った。

「ははあ、カネは要らないと……」

「仰る通りです。カネのつながりではなかったと主張し引き下がってくれないんです。その上、私も子どもが欲しいなどと言い出しまして」

それはお困りですねと言いかけた時、握手の手に力が入った。

「立花先生、ご尽力願えませんか」

何と仕事依頼だ。

「千夏のことです、手元のカネを考えれば、どうせ多くは払えないでしょう。いや先生は意気に感じて、うっかりすりゃ手弁当でしょう。その分までお支払いしますから」

それから半月ばかりあとのこと。奥のテーブル席に今回のメンバーが顔を揃えた。珍しくしのが立って挨拶をした。

「八祥、立花クン、ご苦労様でした。そして千夏さん、おめでとう」

千夏が立ち上がり頭を下げると、一同から拍手が起こった。

「いやしのさん、僕は何もしてません。今回はひとえに立花のお陰です」

「とんでもない、弁護士に捜査権はありませんから、ずいぶん八祥に助けてもらいました」

「コラコラ、捜査じゃないだろ。調査、調査」

八祥のツッコミに、

「あ、そうでした」と、立花がうっかりキャラを演じたところで乾杯となった。千夏の前には典子心尽くしのコーヒーが置いてあったが、立花は今日は飲むぞと宣言した。

「しのさん流のシヤでいくよ。しのさん、シヤだよね」

「何を言ってんだよ、あんた方は普通にシヤと言えばいいんだよ」

「あ、やっぱり言えてない」

八祥が更なるツッコミを入れ、座が弾けた。

「今晩は飲むんだろ、大丈夫かい。その前に腹に何か入れときな。さ、立花クン、マグロのいいのが入ってる。私がこさえたぬたを、お上がり」

しのは隣の千夏に話しかけた。

「ホントによかったねえ、何事もなく対面ができて」

「ありがとうございます。何だかあっけないぐらいで、喜びが湧くまで少し時間がかかりました」

「で、どうだい、我が子の可愛さは一入だろう」

「ええ、それはもう。あ、そうだ」

千夏はそう言い、スマホを取り出し、いくつもの写真を見せた。

「新しい住まいは多摩川が近いんです。暇があると二人で河原を散歩しています」

「まあ、これが小夏っちゃん、可愛い」

典子が声を上げ、スマホの画面をみんなに見せた。

「ほら、何年も離れて暮らしてたと思えないくらい馴染んでるでしょ」

「ああ、ホントだ」

典子がそこで声をひそめた。

「千夏っちゃん、これ一番聞きたいことなんだけどいい?」

「はい、何でもどうぞ」

千夏は我が子と暮らしていることが心に安寧をもたらしているのだろう、落ち着いた表情で頷いた。

「小夏っちゃんはすぐに懐いた? 猫のお菓子屋さんがママだって気がついてた? ごめん、立ち入ったことを聞いて」

「いいのよ、それ私も聞いてもらいたかったことだから」

一同が耳をそば立てた。

「最初にお菓子を買い、お釣りをもらった時になんだか懐かしい匂いがしたって。あの子は考え考え言いました」

そうか、懐かしい匂いねえと、しのが感に堪えたように言い、何年離れてたんだいと聞いた。

「丸五年です」

「へえ、五年、五年ねえ。大人の五年じゃないよ。まだ小っちゃい子の五年はとてつもなく長いだろうに、こりゃ凄い話だよ」

でもねと千夏が続けた。

「ママのことは忘れなきゃいけないと思っていたそうです。子どもなりに親の事情を察していたんです。遊びに熱中してていい時期を可哀想なことをしました。最低な母親です」

「まあ子どもも健気だけど、あなたもぬいぐるみに身を隠して努力したじゃないか。だから会えたんだ。よくやったよ」

典子はしの言葉に頷きつつ、もう涙を隠せなくなった。

「家政婦の加代さんがいてくれたことが大きいと思います。小夏が加代さんのことをママと同じ匂いがしたと言った時に私は救われました。今も加代さんと電話で親しく話すんですが、小夏が電話を代わりたがって私がやきもちを焼くぐらいです。おかげで小夏は素直に育ったんだと思います」

「だから年寄りを泣かすもんじゃないって」

典子よりあとに泣き始めたしのだが、今や典子より盛大に泣いている。決まりが悪くなったか、しのは立ち上がる。

「ちょいとはばかってくるよ」

しのの後ろ姿を見ながら、千夏が典子に聞いた。

「いま何て？」

「トイレって言ったの。お祖母ちゃんはトイレをはばかりと言って、さらに行ってくるを省略してはばかってくるなのよ。それより……」

典子はいくぶん口数の少ない八祥に気づいていた。小夏ちゃんが小二、自分の息子は小一なのだ。そして八祥は、立花の尽力もあって月に一度息子に会う権利を有している。今その日を指折り数えているのではないか。いや、その話はいずれとして、今はぬいぐるみだ。

典子は、先方の義母さんが恐怖におののいたという、化け猫のぬいぐるみを見たかった。それで今日は千夏に持参してもらっていたのだ。

千夏がボストンバッグを開け、後ろ向きでそれを被(かぶ)り、ゆっくりこちらを向いた。見たがっていた典子が恐いともらした。ここまでリアルだとはと八祥が驚き、明るいところでこれだから薄暗かったらどんなに恐いかと、立花が言った。そこへしのがトイレから戻ってきて、正面からモロに猫を見て「ギャッ」と悲鳴を上げた。

第五話　ママの妹

しのは努めて歩くようにしている。今日もエスカレーターを使わず、デパートの階段を上った。一階から二階へは何ともなかったが、二階から三階への踊り場で異変が生じた。クラリという眩暈(めまい)とともに視界が一瞬陰った。歩くことがかなわず、両膝に手をつき、それが去るのを待った。

「あの、ご気分でも……」

男の声が降ってきて、しのは声柄から三十代半ばだろうと見当をつけた。そして声の方を見ずに言った。

「夏負けってことはないんでしょうがね、ちょっとフラついて」

「そこにソファがあります。さ、どうぞ、肩につかまって」

「まあご親切に。では甘えますよ」

手を取ってソファに座らせてくれたが、しばらくするといつものしのに戻っていた。

「あんまり暑いんで少し涼もうと思ったらこの体たらくですよ。どうぞお笑いくださ い」

「私も外回りにウンザリし、ついフラフラとデパートに入り込んで……」

ソファから喫茶室が見えた。しのは言った。

「あっちで休みましょうかね」

「実は私の目的もアイスコーヒーでして」

しのは前田聡とそんなきっかけで知り合った。


二週間後、しのが喫茶室から帰ろうとしていた時、彼が入ってきた。

「しのさんですよね」

「え～とあなたは、確か前田さん」

最初に名乗り合ったが、しのは前田の名をよく覚えていたものだと我ながら感心した。その時の立ち話で、前田がスポーツ用品メーカーの営業職で二週間に一度、週末にこの辺りを回ることを知った。

二人で席に戻ったしのに顔見知りの女性店員が目を見張った。

「どうせお茶を飲むんなら一人より二人の方がいいと思ってね」

「あら、示し合わせてデートですか」

「年寄りをからかうもんじゃないよ。互いにただの気晴らしさ」

前田は営業職の割には饒舌というタイプではなく、聞き上手だった。前田の祖父母の戦時中の話からしのの空襲体験談になり、しのは存分に喋った。熱心に耳を傾ける前田に、しのは好感を持った。

それから二人は喫茶室で時折会うようになった。喫茶室に前田が現れなかったこともあったし、しのが都合で行けないこともあった。

「だから会ったのは四カ月で四、五回ってとこかねえ。アイスコーヒーはホットに変わったし。でもこないだはあたしが八村塁の話を聞きたがってもあんまり乗ってくれなかったんだよ。で、調子が悪いのかって聞いてみるとびっくりすることを話し始めたんだ」

しのは典子にそう言ってぽつりぽつりと話し始めた。

前田は同僚の朝倉祐子（あさくらゆうこ）という女性と婚約したばかりだった。前田はプロポーズに頷いてくれたことを喜んだが、祐子は式と披露宴の話には頷かなかった。彼が会社で婚約を告げると、同僚たちは沸き、上司は披露宴を派手にやるぞと張り切った。

困った前田が社内の盛り上がりを話して翻意を促すと、ようやく祐子が重い口を開いたという。その大きな事実を前田は持て余した。抱えきれず、相談相手もいなかった。そんな時、ふと知り合ったしのにそれを話してみる気になったのだという。

しのは祖父母の戦時中の苦労話を親身に聞いてくれた。早くに亡くした両親についても、大きな同情を寄せてくれた。しのはさっぱりした気性で裏表がないように見えた。そして祖母によく似ていた。前田はおばあちゃん子だったのだ。

フィアンセの朝倉祐子には、陽子(ようこ)という二つ違いの姉がいた。

祐子が幼稚園の年長の秋のことだった。自転車の補助輪を取った頃のことで、祐子は小学校に入ったら姉のようにスイスイ乗りこなせるようにと、練習に余念がなかった。夜には少し間のある薄暮の時間帯だった。家の前の路地を、祐子はフラフラと子ども用自転車をこいだ。陽子が後ろを支え、もう少し、もう少しだと励ましてくれる。陽子の声が遠くなった。祐子は気づいた。今、一人でこいでいると。

できた。一人で自転車に乗っている。祐子は嬉しさをペダルに託した。喜びは自転車にスピードを与えた。思わぬ事態に祐子は慌て、ブレーキに気が回らず、お姉ちゃん止めてと叫んだ。少し下り坂になり、そしてその先には大きな道路が横切っている。走った陽子が横に並んだと思う間もなく前に出て、こちらを向いた。ハンドルを両手でつかみ、スカートの両足の間に前輪を挟み、祐子を見て、もう大丈夫とばかりにニコッと笑った。とその時、陽子が突然消えた。何か得体の知れない大きなものが右から左へと横切り、その大きなものが凄まじい音を立てて止まった。

男の人が二人、運転席と助手席から飛び降り、走った。祐子はようやく、それが大型トラックで、凄まじい音が急ブレーキであることに思い至った。姉ちゃん。姉ちゃんはどこ？　まさか姉ちゃんが撥ねられた？　ウソ。姉ちゃんは今、自転車を止めてくれたじゃない。

運転席から降りた男が救急車と二度鋭く叫び、助手席の男がどこかへ走り去った。

病院にいたから、救急車には同乗したのだと思う。そして祐子は疲れ果て、眠ってしまった。

目が覚めてから聞いた言葉は「ノウシ」だった。お父さんは、死なないが起きないというようなことだと祐子に説明した。

お父さんに送ってもらい家に戻ると、叔父さんや叔母さんが来ていた。お父さんは叔母さんから身の回りのものの入ったバッグを受け取ると病院に戻った。

お母さんと仲がよく、私たち姉妹を可愛がってくれる叔母さんが、シンゾウイショクという初めて聞く言葉を口にした。

「陽子ちゃんに奇跡は起きないってことは聞いてるよね」

祐子が頷くのを待って大好きな叔母さんは言った。

「陽子ちゃんの心臓を必要としている人がいるの。心臓に病気があって長く生きられない人でね、脳死状態である陽子ちゃんの心臓をその人に移して長生きしてもらうことにしたの。陽子ちゃんの心臓はその人の中で生きるし、その人も助かるの。わかるかしら」

分かるような気もするが、今一つ飲み込めない。

「じゃ、お姉ちゃんはその人になるの？」

「陽子ちゃんの心臓だけがその人の中で生きるの。だから陽子ちゃんは半分生きるってことかな」

「半分？　で、その人どこの人、誰？」

「それはお互いが知らない約束なんだって。小学校二年生の女の子の心臓だから、大人の男の人へ移すわけじゃないわね。男の子か女の子か分からないけど、相性のいい同じぐらいの年頃の子じゃないかしら」

その後、葬儀もあったはずなのだが、祐子の記憶にはほとんどない。ただ、お姉ちゃんが半分生きるとはどういうことかとだけ考え続けた。そして長ずるにしたがって私のせいだと思うようになった。あの時私がブレーキをかけていれば姉ちゃんは死なずに済んだ。いっそ転んでしまえば私がどこかをすりむくぐらいのケガで済んだはずだと思い込んだ。叔母との会話も本当にあの晩交わされたものだろうかと訝しんだ。脳死の判定や移植の決定がそんな短時間に下されるものだろうかとも。記憶の時系列がおかしい。

あれはね、事故だったの、誰も悪くないのよとお母さんは言った。お父さんも、運の悪い時間帯だった。もう灯けてもいい時間なのにトラックは無灯火だった。ヘッドライトを灯けてればお互いが見えたんだ。いいか祐子、おまえは少しも悪くないぞ。そうよ、だから祐子、あなたは陽子ちゃんの分も生きて。うんと幸せになって。

しのは前田から聞いた話を典子に語り終えると、大きなため息をついた。

「つまり、祐子さんが挙式をしないのは、自分だけ幸せになるわけにはいかないってこと?」

「そういうことだろうねえ、結婚するのはいいけど式や披露宴をしたくないってのは」

「そうかなあ。お母さんだって、陽子ちゃんの分も生きてって言ったんでしょう。私ならそうするけどなあ。盛大な披露宴をしてさあ、ほらお姉ちゃん見てる?　私こんなに幸せよってアピールするんだけどなあ」

「だからそう思えない人もいるって話なんじゃないかね」

「そうでした。私が脳天気過ぎるんだね」

「そうでもないだろ。おまえ若い頃に失恋して死ぬって勢いだったじゃないか」

「お祖母ちゃん、それ言わないの。そうよそうなのよ。そう思えば、祐子さんの気持ちも分からないじゃないわ。だってお姉ちゃん死んだの小学校二年生でしょ。これから楽しいこともたくさんあったでしょうに、おそらく恋も知らずに死んでるわけで、そりゃ自分だけ幸せになるわけにはいかないってなるわよね」

「お前も調子がいいね」

「違うの、本音よ。だからこういうことでしょ。お姉ちゃんの心臓はどこかの誰かの中で生きてるのよ。半分生きてるっていい言葉だわ。それがヒントよ。つまりその半分生きてる人、陽子さんの片割れを捜せばいいのよ」

「片割れっておまえ」

　そう言ったきり、珍しくしのが絶句した。この子はとんでもないことを言い出す。よくそんな途方もないことを思いつくものだ。この子は大人なのか子どもなのか。しのは目を見開き、孫を見た。そしてようやく言った。

「おまえね、それって雲をつかむような話だよ」

「そのためにいるんでしょ」

「まさか、八祥かい？」

「ビンゴ、何のために警察に籍があるのよ。それに暇だし、何とかしてくれるわよ。じゃカンバン前に来てくれるようＬＩＮＥするから、お祖母ちゃん、ノレン出しといて」

しのは勢いに押され、おいきたと言って腰を上げた。

今夜は珍しく常連のオヒラキが早かった。洗い物を済ませ、しのと典子が晩酌を始めるのと同時に八祥がやってきた。

「相変わらず間がいいねえ。おや、またカバンを持って。旅だったのかい？」

「はい、北陸です。昨日と今日で施設を三軒回ってもうクタクタ。はい鱒寿司(ますずし)」

「気が利くねえ。これいい肴にもなるから早速いただこうじゃないの。ありがとうよ」

「はい、生ビール」

「やっぱり空気が乾いてくるとこれですね」

八祥は中ジョッキを一気に飲み干した。お替わりがきたところで大きなゲップをし、失礼と言い、二人に向き直った。

「ＬＩＮＥでおおよそのことは分かりましたが、この件はけっこう難しいと思いますよ。守秘義務という大きな壁が立ち塞がってきますから」

しのは八祥の上司の林を通じて、守秘義務というその言葉を近ごろ理解し始めていた。主にそれは公務員に課せられるのだ。

「医者や弁護士、それに警官や役人には喋っちゃいけないことがあるんだろ？」

「そうです、その警官に調べろってんですから無理があるんですよ」

「でもほら、蛇の道は蛇って言うじゃないか」

「かなわないなあ、しのさんには」

「でもその前田って人が困ってるんだからさ、少し動いとくれよ」

「前田さんの電話番号やアドレスは？」

「そこにぬかりはないよ。ほら、これが名刺」

「あ、このメーカーよく知ってます。警察官は柔道や剣道をやる人が多いでしょ。僕は剣道の方だけど、竹刀を買いに行ったことがある。そう、神保町（じんぼうちょう）の本社にある店」

「じゃそこに前田さんを訪ねておくれよ」

「いきなり僕が行っちゃまずいでしょう。まずはソフトに。典子さん、前田さんにメール打ってください」

「えっ、あたしが？」

「大丈夫だよ。八祥とおまえのことは前田さんに話してあるから。二、三日のうちに店にも来てくれるって言うし」

「どんな内容のメールを送ればいいの？」

「亡くなったお姉さんの陽子さんが、いつどこで事故にあったか聞いてもらいたいんだ。脳死になるような事故だから新聞に載ってるはずで、縮刷版を見ればそこから見えてくるものがあると思うんだ」

「なるほど、病院のこととかも……」

「いや、陽子さんが入院した病院は分かる可能性があるにしても、その先の移植した病院はどうかなあ」

「そういうことは言わないの。蛇の道は蛇じゃないか」

「しのさんねえ」

「ほら、次、飲み物何にする？」

「じゃ焼酎のロックをもらいましょうか、芋で」

「あ、典子、泡盛を出しておやり。あったろ、あの古酒（こしゅ）ってのが」

「えっ、古酒があるんですか？」

「あるのよ、とっておきが。甕（かめ）に入ってて二十年ものとか三十年ものとか言ってたよ」

「うわ、これは働かざるを得ないな。喜んで呼ばれます。ロックで」

典子が甕の封を切り、小さな柄杓（ひしゃく）で大ぶりのロックグラスに並々と注いだ。

「これ僕が最初に飲む人？」

「そりゃそうさ。厄介事を頼むんだもの」

「しのさん、不肖八祥、全力を尽くします」

「何だい、ダジャレかい」

「あ、旨い、甦る」

と、八祥は快活だったのだが、飲みほしたあと、しばし眉根を曇らせた。

しのにも典子にもやはりこの問題は難しいのだと分かった。八祥が言う。

「心臓移植手術を受けるので寄付を募りますってのがありますよね」

「ああ、あんまり身につまされるので、あたしもわずかだけど寄付したことがあるよ」

「で、その子がアメリカに渡って手術を受け、無事成功して退院がニュースになる」

「ああ、テレビで見たことがある」

「その模様は公になるんですが、心臓を提供したドナーのことは知らされませんよね」

「確かに……」

「今回、ドナーは陽子さんとハッキリしてるんです。もちろん交通事故死として扱われ、陽子さんの名はドナーとして公にはならなかったでしょうが」

「ということは……」

典子が目を開く。

「だから、移植した病院が分かれば、そこからその人に辿り着けるんじゃないかと思うんです」

「そうか、でかした八祥、もう一杯泡盛をお上がり。典子、ついでにあたしにもシャを」

しかし調査はそう簡単ではなかった。まず姉の陽子が入院した病院名が分からなかった。交通事故の記事を縮刷版にようやく発見したものの、病院に搬送されたとしか載っていなかった。

前田から聞いてもらうのも難しい。病院名を聞けば、なぜそれが必要なのと前田が祐子に問われるのは当然のことだからだ。

八祥は、当時の事故現場周辺の病院を調べた。心臓手術のできる病院は三軒あった。二つの病院の古参医師や職員にも当たったが、記録も記憶もないとのことだった。残る一軒はその場に無く、大きなスーパーマーケットになっていた。

当時の外科に籍を置いた医師にしても辞めたり、地方勤務になったりしていた。もし、陽子の入院を知る医師に辿り着いたとしても、当時のことを話してくれるとは思えなかった。八祥はやはり守秘義務を考えざるを得なかった。

あまり成果が上がっていないことを報告しながら、八祥はコップでヒヤを一杯クーっといった。典子はカウンターに料理を出した。

「さ、これ食べて元気出して」

「お、生姜焼き（しょうがやき）だね。たっぷりのキャベツにマヨネーズも付いてる」

「それ、搔き混ぜて食べるの好きでしょ。これ、箸休め」

「カブの糠漬けだ。あれ、いい匂いがする」

「少しだけ柚子(ゆず)の皮を擂(す)ったの」

「生姜と柚子か。これは食欲出るなあ」

「典子、八祥に酒のお代わりだ。ついでに私にも。ごめんよ八祥、厄介ごと押し付けてさ」

「いや、いいんです。調べるのも仕事のうちですから。ただまったく取っ掛かりがなくて――」

酒を注ぎながら典子が言った。

「警察病院から調べるというのはどうかしら」

八祥の表情が止まった。

「あのねノンちゃん」

「あ、いま典子さんでなくノンちゃんと言った。お安くないねえ」

「しのさん、からかわないでくださいよ。典子さん、あなた警察病院、正しくは東京警察病院と言いますが、そこの医師や看護師が警察官だと思ってませんか」

「あら違うの?」

「違いますよ。医師や看護師は本職で、そりゃ警察官が治療受けたり入院したりすることはありますけど、基本は市民に開かれた病院ですよ」

「そうだったの。ごめんなさい」

「いや私も典子ほどじゃないけど、利用するのは警察官だけだと思ってたよ」

「困った二人だなあ」

そこで笑いになったのだが、警察病院という言葉が八祥に残った。

翌日、同期と部下の何人かに、警察病院に知り合いはいないかと聞いてみた。いずれも縁が薄かったが、部下の一人の丸山（まるやま）が刑事部に骨折で入院した同期がいると言って連絡を取ってくれた。


「丸山の同期で吉田（よしだ）と言います」

「悪いね、わざわざ電話もらって」

「いえ、先輩のことは丸山から色々聞いており、お力になりたいと思っていました」

「ありがとう。で、入院中に、心臓外科医と知り合う機会はありませんでしたかね」

「はい、担当外科医と意気投合しまして、退院後に一杯やったんですが、その席に若い心臓外科医がいました」

「連絡取れますかね」

「はい電話番号やアドレスなど交換しましたので、すぐ電話させます。木田（きだ）という先生です」

本当にすぐかかってきた。

「お忙しいところ申し訳ない」

「いいえ、どうぞ何なりと」

「実は心臓移植の事例について伺いたいのです」

「えっ、移植ですか。私は心臓外科医としてもまだ駆け出しで、移植にはとんと——。でもうってつけの男がいます」

「それはどういう」

「警察病院看護専門学校をご存知ですか」

「はい、聞いたことはありますが詳しくは」

「そこを卒業した看護師で、世界を飛び回っている広沢という男がいるんです」

「世界を?」

「はい、留学して海外のライセンスも持ち、活躍しています。著名な心臓外科医たちの信頼も厚く、指名されて心臓移植手術に多く立ち会っています。さらに国内外でどんな手術が行われたかの詳細なリストを持っています」

「おお、まさに捜してた人です。でも海外なんでしょ」

「いえ、今は戻ってます。五分ください。連絡させます」

三分でスマホが鳴った。


その夜、八祥は典子としのに頭を下げた。

「昨夜は警察病院のことで素人扱いしてごめんなさい。妙に警察病院が引っかかって、職場の同僚に電話したんだ。何人か経由したけど、何と十五分で移植した病院が判明したんです」

「そんなに早く？」

「そう、あれだけ手こずったのにたった十五分で辿り着いたんです。最後の広沢さんという看護師が凄かった。何年何月と言っただけでスラッと病院名を言ったんだ。そこしかないって」

八祥が事情を話すと広沢は、リストはパソコンの中ですがとりあえず仰ってみてくださいと言った。陽子の事故を掻い摘んで伝えたのだが、広沢はたちどころに病院名を答えた。リストは広沢の頭の中にもあったのだ。そして広沢は快活に言った。私は個人的に心臓移植のデータベース作りをしているんですからと。そして広沢は、ハイ話せるのはここまでと言って電話を切った。

「凄い記憶力でしょ、ハイここまでってのもカッコいいよね。でもそのおかげで病院が分かったんです」

「だからどこの病院なのさ」

「神戸です」

「神戸って港のある？」

「そう、兵庫県神戸市。六甲山のあるところ」

「で、いつ行くんだい、明日かい」

「三日後の予定です。三日後に伊勢志摩の、英虞湾を望む施設で一席やり、名古屋へ戻って新幹線で新神戸を目指します。あっち方面に仕事がなかったら、明日にも自腹で行きますけど」

「交通費も安くないからね」

「そこですよね」

そこへ典子がひょいと言った。

「でも誰も知らない可能性もあるわけでしょ」

「えっ？」

「お祖母ちゃん、二十五年を何と言ったっけ」

「四半世紀かい」

「それそれ。移植以来そんなに経ってるんだから、お医者さんとか看護師さんとかもう残ってないんじゃないの」

八祥は典子を眺めた。昨日は警察病院と突飛なことを言い、今日は今日で冷静なことを言う。

祐子が乗り気ではない式と披露宴は、一ヵ月後に迫っていた。


八祥は病院の受付で声を発した。

「ちょっと昔の入院患者のことで伺いたいことがあるのですが、長くお勤めの医師か看護師さんはいらっしゃるでしょうか」

「はい、長い看護師が一人おりましたが、去年定年退職いたしました。少々お待ちください」

受付の女性はメモを取り出した。

「人気の看護師さんでしたから、今でもちょくちょくかつての患者さんがお訪ねになるんです。一昨日もそこのロビーで元患者さんと楽しそうでしたよ」

「あのお住まいはお近くで」

「ええ、すぐそばです」

いらっしゃるといいんですがと受付嬢が言い、電話をかけた。八祥は退職と聞いて一瞬無駄足かとがっかりしたが、俄かに希望が湧いたようにも思えた。

「いらっしゃいました。でも、これから来客があって留守にできないとかで、自宅を訪ねてくださいとのことです」

三分とかからなかった。なるほど、昔の患者と病院のロビーで会うのはうってつけの距離だと思った。そのこぢんまりとした家の表札には久保田早苗と書かれていた。八祥は捜査とは違う胸の高鳴りを抑え、呼鈴を押した。中から綺麗な銀髪の女性が現れた。夫を亡くし、一人住まいと受付嬢から聞いていた。

「お一人のところへ押しかけて申し訳ありません」

「いいのよ、こっちこそ病院へ行けなくてごめんなさい。まだ間があるけど、娘が孫を連れて遊びにくるんです」

八祥は名刺を渡した。身分を隠すのは嫌だったが、警察手帳よりインパクトが少ないとの判断だった。

「あら、東京の警察の方がどういう——あ、それより上がってください」

八祥は和室に正座をし、経緯を口上を述べるように語った。丁寧さを心がけた。しのの友人の前田のこと、婚約者の祐子のこと。祐子には陽子という姉がいて、交通事故に遭い、脳死状態になったこと——。早苗は頷きつつ聞きながら、お茶を淹れてくれた。頭だけ下げ、八祥は話を続けた。——ふたりの結婚披露宴が近づいていますと。

聞き終え、早苗が笑顔を浮かべて言った。

「おめでたい話でよかった。それ美佐子ちゃんのことです」

「えっ」

「陽子さんから心臓の提供を受けた子の名前です。小学校三年生でフルネームは矢野美佐子ちゃん。本当は守秘義務違反で漏らしちゃいけないんだけど、おめでたい話だから」

八祥はいきなりの展開に動揺を隠せなかった。移植された子の名前が判明したのだ。陽子の心臓は一つ年上の子の胸に収まった。それで合っているのかと思わず指を折った。

「私が美佐子ちゃんの病室を担当したの。若いと不慣れだし、ベテランだと体力がもたないしで、当時中堅の私に白羽の矢が立ったわけ。もっとも、術後すぐは総動員状態だったけど」

かつて心臓移植手術は世間の耳目を集め、マスコミが病院を取り囲むこともあった。以来、病院側は手術を伏せる傾向になり、結果、それがよかったと久保田早苗は言った。美佐子は手術が成功後、見る見る健康を取り戻し、両親が驚くほど快活な子に戻ったという。

「よくおしゃべりしたわ。将来の夢とか。もともと子ども心に長く生きられないと思ってたのね。だからお医者さんに助けてもらったので医者になって恩返ししたいって」

「ではいま医師に」

「それが面白いのよ。医師になるべく勉強してたんだけど、医大には引っかからず、普通の私大を卒業して医療機器の会社に就職したの。大学時代の一つ上のボーイフレンドがその会社に勤めていて、片時も離れたくなくて追っかけてったの。一途なのよ。でも医療機器ってのが関係なくもないでしょ」

美佐子は電話や手紙で大いに惚気たという。

「結婚して、大阪の実家近くで暮らしてたけど、今は石巻にいるわ」

「石巻というと宮城県の」

「そう、ご主人が家業の水産会社を継ぐことになって引っ越したの。女の子にも恵まれてそこが羨ましいわ」

「あの、それは――」

「これから来る孫が男の子なのよ。小学校一年なのに腕白で、私これからヘトヘトになるの。可愛いんだけどね」

小学校一年生、月に一度しか会えない息子の顔が浮かんで、八祥の胸がズキンと痛んだ。


それから数日後、東京駅の東北新幹線の改札から美佐子と娘の舞が出てきた。八祥は思わず駆け寄った。

「本当に来てくださったんですね、ありがとうございます」

「はい、喜んで参りました。舞ちゃん、ご挨拶は？」

「あ、警察のおじちゃんだね」

「ま、確かにそうだけど、お兄さんは無理かな」

八祥は久保田早苗から渡された住所を頼りに、石巻へ向かったのだった。電話も二回かけ、ついにどうぞということになった。矢野美佐子が佐藤美佐子に変わったことあった。

も久保田を通じて知った。表札には佐藤辰雄、美佐子と並んでいて、横に小さく舞と

平日の日中にも拘らず、夫妻揃って迎えてくれ、八祥は恐縮した。

「いえ、美佐子にとっても私にとっても大事な話ですから。それに私がいなくても会社は何とか回るようになりましたし」

辰雄はそう言うと八祥に膝を崩すよう勧め、美佐子はお口に合うかしらとコーヒーを淹れてくれた。夫妻共にコーヒー党なのだという。

「十二年前、父親が倒れまして、こちらへ戻りました。美佐子は知らない土地で何かと戸惑ったと思います。まだ新婚でしたから」

辰雄はそれから少し長い話をした。

辰雄は仕事に、美佐子は土地に慣れ親しんだ頃、東北を大地震が襲った。住まいはやや高台にあり、少し傾いだものの人的被害もなく持ちこたえたが、港の缶詰工場兼倉庫が津波にそっくり持って行かれた。缶詰数十万缶が海に消えた。工場の機械は諦めざるを得なかったが、缶詰数万缶は回収できた。汚泥に塗れた缶詰を洗おうとしたが、今度は断水で水が無かった。辰雄と美佐子、社員は缶詰の山を前に途方に暮れた。

ふと、辰雄が何かを思い出した。

「九死に一生を得た社員がいるんです。社員は皆いっせいに走って逃げ出しましたが、営業の彼は市内で車の運転中でした。尋常でない揺れに高台を目指しましたが、思いは誰も同じで、あっという間に渋滞に巻き込まれました。バックミラーに津波が見え、彼は車を放り出し、走って逃げて助かりました。賢明な判断です。でも渋滞の車中にはお年寄りや体の不自由な人が少なからず同乗してまして、逃げるに逃げられずほとんどの人が犠牲になりました」

辰雄は遠い目をしていた。

「ごめんなさい、話が飛んで。持つべきものは友です。打ちひしがれてるところへ、大阪の友人たちが大型トラックで駆けつけてくれたんです」

彼らも阪神淡路大震災を経験している。気にするな、他人事じゃないと彼らはそう言ったという。それから社員総出でトラックの荷台に缶詰を放り込んだ。玉入れ競技のようだったと言い、辰雄が少し笑った。

缶詰を満載にした十トントラックは始めに東京を目指した。ドライバーの友人が大きな飲食店をやっていて、うちの水を使えと言ってくれたのだ。大阪から来た三人、店主を始め従業員が五人、そういうことならと町内の人も加わり、店頭で盛大に缶詰洗いが始まった。これは通りすがりの人の目に止まる。石巻の缶詰ですと言うと、いくら？　となり、辰雄に値段をどうするとの電話が入った。

「半値以下の三百円と伝えました。何しろラベルもなくベコベコで、味は保証つきですが、開けてみないと中身が分からないんです」

主力は秋刀魚と鯖で、分けても金華鯖は東京にも鳴り響いていて、洗うそばから売れたという。

「寄付するつもりだったから十個くださいなんて聞いた時は嬉しかったですねえ」

そう言って辰雄はまた笑った。

「開けたら鯨の大和煮だったという人もいて、喜んだらしいです。紛れ込んでたんですねえ。旨くて高価ですから」

鯨の大和煮は久しく口にしていない。八祥はその味を懐かしく思い出した。

「友人と缶詰には助けられました。大阪では金華鯖が浸透してないので苦戦すると思いましたが、物珍しさもあり、そちらも完売したそうです。もちろん被災者同士の同情は言うまでもありませんが」

「でも完売してよかったですねえ」

「はい、マイナス百が八十ぐらいにはなりました。五年は再建に夢中でした。会社も震災直後は解散状態でしたが、ぼつぼつ社員も戻り、何とか目処がついた頃、美佐子が妊娠しました」

　辰雄の話を頷きながら聞いていた美佐子が口を開いた。

「翌年に舞が生まれるわけですが、私の命は三回助かってるんです」

　三回？　と八祥は首を傾げた。

「幼い時に阪神淡路大震災に遭いました。大阪にいましたが、大変な揺れでした。次が心臓を授かった時です。そして三回目は石巻で経験しました。昼休みが済んで工場奥で事務をとっていたんですが、事務机が三十センチも跳ね上がり、次にどこかへ吹っ飛んでいきました。もうダメだ、三度目の正直だと思いました」

「みんな逃げ出してるのに美佐子がいないんです。事務室を覗いたらぼんやりしてるんで、思わず怒鳴って引きずるように逃げました」

「それからはこの人の言う通り夢中でした。地震が直接の原因ではありませんがお義父さんも亡くなりましたし。でも舞を授かってからですね、ちゃんと生きて行こうと思ったのは。三回も助かったんだから、これからはこの子のために生きて行こうと」

「その頃からですかね、美佐子がドナーさんのことを口にするようになったのは」

　八祥はハッとして辰雄と美佐子を見た。夫婦のこの十年に耳を傾け、様々思いを巡らしてきたが、いま辰雄が口にしたそのことこそ、八祥が石巻を訪ねた目的だったのだ。

「美佐子は提供を受けたレシピエントという立場です。レシピエントとドナー側は互いに干渉しないと言うか詮索しないという暗黙の了解があります」

「でも私、せめてお身内の方に会いたいと思い始めたんです」

「だけど他のレシピエントとドナー側の関係がどうなってるかの情報がないんです。知りたい、会いたいとなった時にそれが許されるのかも含めてです」

「どうなんだろう、やっぱり無理なのかなと話してる時にあなたからご連絡をいただきました」

「会っていただけるんですか」

「はい、喜んで」

帰りの新幹線の車中、八祥は前田にメールを、典子にＬＩＮＥを打ち続けた。

結局、前田の説得で、祐子は気が進まないながらも結婚式を行うことに同意してくれた。前田は神前結婚式を選んだ。祐子の負担が少なくて済み、喋らなくていいからだ。

祐子も白無垢に角隠しで俯いていても不自然でなく、表情がよく分からないのがいいと思った。

式は厳粛な雰囲気を保ったまま滞りなく終了した。厳かでよかったと皆、口々にほめてくれた。

さあ披露宴だ。前田は思った。乾杯までは安心していい。入場時に賑やかな出迎えはあるだろうが、乾杯までの前半はセレモニーであるからだ。そうか、ウエディングケーキの入刀があるか。記録に頼んだカメラマンのフラッシュが光り、同僚や友人がスマホを持って取り囲み、様々な注文を出すだろうが祐子は大人だ、乗り気でないことを表明することはないだろう。ましてやこの場から逃げ出すなんて。

順調に推移している。媒酌人を専務にお願いしたのは正解だった。入社以来の数年、直接指導を受けてきたが、冗談ひとつ言わない実直な人で、そのうえ仕事ができた。いざとなれば専務が止めてくれるので、社長は冒険ができているのだ。

専務は前田と祐子を等分に褒め、褒め過ぎなかった。主賓の社長が脱線しかけてヒヤリとしたが、やはり世馴れていて、自社の宣伝をしつつ上手く着地した。新婦側の主賓は祐子の大伯父に当たる人で、セオリー通り祐子の両親を褒めることに終始した。

ウエディングケーキ入刀ではやはり大勢に囲まれ、こっちを向いてと注文が相次いだ。二人揃ってそちらを向くのが通例だが、祐子の動きはぎこちなく、表情も硬かった。しかし披露宴の客はありがたい。緊張ゆえのことだと受け取ってくれるのだ。

シャンパンでの乾杯となったが、前田には、祐子のグラスが震えているように見えた。

祐子にとって、式が難関だった。親類に囲まれることが怖かった。みな姉の事故のことを知っている。この人たちはその妹の華燭(かしょく)の典をどう思いどう眺めているのか。そう考え、身の置きどころをなくした。

祐子は前田を愛していた。永遠に続くわけではない。あと二時間、披露宴はこの人のために乗り切ろう。自らをそう叱咤(しった)して臨んだ披露宴だったが、少しずつ変化が生じた。ケーキにナイフを入れ、スマホに囲まれた時に気づいた。口々にこっちこっち、表情カタイよと言っている友人知人の笑顔に。

私は今、祝福されている。この人たちは私を祝福するためにここにいる。どうやらこれは信じてもよさそうだ。でもそれに応えるにはどうしたらいいか。祐子は笑顔を取り戻すべく、シャンパングラスをグイと傾けた。

「宴も半ばではございますが、ここで新郎新婦お色直しの時間でございます。さ、もう一度ご起立の二人をご覧ください。新郎は黒門付き羽織袴(はかま)の正装という凜々(りり)しいお姿、新婦は白無垢に角隠し、古風かつ上品なお姿でございます。次にお目見えする時はどんなお姿か大変楽しみでございます。さ、拍手を添えてお見送りください」

ありがとう司会の内山、前田は心の中でお礼を言った。ちゃんと前半は抑えて進行してくれたな。これからは弾けていいぞ。やるんだろ、大根踊り。

職場には東京農大卒が何人かいる。余興の大根踊りは、社員の披露宴の名物なのだ。前田は祐子を気遣いつつ、ゆっくり控え室へと歩を進めた。

衣装室での着替えが二十分、控え室に戻っての休憩が十五分、再入場まで三十五分ある。タキシードの前田が一足早く控え室に入った。ウエディングドレスの祐子は少し手間取るかと思われたが、存外早く済み、祐子が共通の控え室に入る気配がした時、前田はスマホを操作した。

数十秒後、控え室のドアがノックされた。どうぞと前田が声を張ると、男女二人と小さな女の子が入ってきた。男は前田と頷き合い、祐子に言った。

「高倉と申します。しのさんのお店では八祥で通っていますが……。本日はおめでとうございます」

「ありがとうございます。いつもお噂を。確か警視庁の——今日はご予定があったのでは」

「なにぶん不規則なもので、こちらは――」

祐子は八祥の家族のことまでは聞かされてなかったが、こちらはとは？　妻をそんな風に紹介するものだろうか。女性が半歩前に出た。

「私、石巻からやって参りました佐藤美佐子と申します」

「石巻って、あの、東北の」

「そうです。実は私、小学校三年の時にあなたのお姉さんの陽子さんから心臓をいただいた者でございます」

祐子の目が大きく見開かれた。声が出ない。

「いつかお身内の方にお礼をと思っていたのですが、何しろ手がかりがございませんで、そこをこちらの高倉さんが前田さんのご依頼で私を捜し当ててくださいまして、こうしてお会いすることができました。その節は本当にありがとうございました」

祐子は披露宴会場から控え室に入る時、何気なくロビーを見たことを思い出した。男の人の背中が見え、それが八祥とは知る由もなかったが、向かいの女性を見るやドキっとした。身に纏（まと）った雰囲気か、シルエットか、姉だ、陽子ちゃんだと一瞬思ったのだ。すぐにかぶりを振って控え室に入ったが、まさかこんなことが起こるとは。

「それから、ご結婚、誠におめでとうございます。実の妹が結婚したように嬉しいです」

祐子はパニックに陥りつつ、冷静になろうと努めた。一番大きいのは、姉の心臓を持つ人が現に目の前にいることだ。その人が八祥さんに捜し当ててもらったと言った。他に何て言ったっけ。そう、前田さんのご依頼でと言ったのだ。何で？　どうして？　そんな動きをまるで知らなかった。前田は気取らせなかった。のみならず、披露宴を取りやめてもいいんだよとさえ言った。すべては私のためだ。そこへ姉の心臓を持つ人が現れ、実の妹の結婚のように嬉しいと言った。実の妹。

祐子は思わずお姉ちゃんと叫び、美佐子の胸に縋りついた。美佐子は両手を広げ、祐子をしっかり受け止めた。

「祐子さん聞こえる？　鼓動よ。毎日元気に打ってるの。今日は一際大きいわ。これはお姉さんの声よ。お姉さんも喜んでおめでとうと言ってるわ」

「聞こえる。美佐子さん、確かにお姉ちゃんの声よ。お姉ちゃん」

祐子は美佐子の胸に耳を当てて泣き崩れ、美佐子も涙を流しながら、祐子の背中をさすり続けた。小さな女の子が美佐子の足にまとわりつき、祐子を見上げて言った。

「ママ、このきれいな人、だあれ」

「舞ちゃん。ママはね、小さい時にこの人のお姉さんから心臓をもらったのよ」

「ふうん、お姉さんから？　じゃあこの人は、この人は、えーと——ママの妹？」

「そうよ、よく分かったわねえ、そう、妹よ」

その時、宴会場チーフがそろそろお支度をと促した。前田は慌て、五分ください、化粧を直しますからと言った。

チーフは何やら察したようで、どうぞごゆっくりとほほえんだ。

前田と祐子が入場扉の前に立ち、チーフの指示を二つ三つ受けた。八祥と美佐子と舞は見送るべく近くに立ったが、祐子が腰を落とし、舞に言った。

「さっきはきれいと言ってくれてありがとう。あらためましてあなたのママの妹です。あなたは私の姪なのよ、よろしくね」

舞は目を瞬かせ、言った。

「わたしはメイじゃなく舞よ」

祐子は破顔して前田と腕を組み、長いキャンドルを二人で持った。

「長らくお待たせをいたしました。お二人の仕度が整いました。さあどんなお姿でお目見えするでしょう。どうか皆様、より一層の拍手を添えてお迎えください。新郎新婦、お色直しからの入場です」

二人のボーイの手によって、勢いよく観音扉が開かれる。暗い場内からピンスポットが当てられ、二人の姿がクッキリと浮かび上がる。

「おお、これはまた先ほどとは打って変わったお姿の二人です。新郎はともかく——。アハハ、今のは笑いを取りにいきました。新婦祐子さんのウエディングドレス姿、何とよくピンクがお似合いのことでしょう。そして何と晴れやかな笑顔であることでしょう。祐子さんの笑顔がこの披露宴を象徴していると言っても過言ではありません」

前田と祐子はこれから各テーブルを回るようだ。賑やかに迎えてくれるよう司会が促している。二人が最初のテーブルに向かって歩き始めた時、扉がゆっくりと閉じられた。

三人はそれを見届け、ホテルを後にした。

八祥は東京駅の改札で美佐子と舞を見送り、そこでようやくホッと胸を撫で下ろし、任務終了と呟いた。

さあ飲むぞ。喉がカラッカラだ。しのと典子はどうなったかを一刻も早く知りたいだろうが、LINEもメールももちろん電話もしない。勿体ぶって直(じか)に知らせるのだ。

それにしても典子だ。機は熟していると思われるのに、妙にはぐらかされる。こっちのバツイチのせいか。それとも典子は若き日の恋の痛手をいまだ引きずっているのだろうか。閑職に追い込まれ、月に一度息子に会うのが楽しみのこんなオレだけど。ダメだ、そんな消極的なプロポーズがあるもんか。

しのさんには落語のネタで明るくいこう。今日は疲れたよ。そうだろうね。何しろヒロウ宴と言うくらいだから。しのは背中をぶつだろうか。

八祥は八祥亭の引き戸をガラリと開け、言った。

「ただいま」

※この作品はフィクションであり登場する人物
団体・事件、設定等は、すべて架空のものです。

―――――本書のプロフィール―――――

本書は、小学館文庫のために書き下ろされた作品です。